家事ロボット・ハナ

有田裕子

文芸社

もくじ

家事ロボット・ハナ

一　春

とうとう家事ロボットが壊れた。今朝、朝ごはんを食べようとキッチンに行ったら、家事ロボットのハナは、お茶わんにしゃもじでご飯をよそったままの形で止まっていた。前から時々止まることがあったので、修理しようと思ってロボット販売店に相談したことがあった。古い機種なので部品がなくて修理できませんと言われた。来るべき時が来た。

ハナは母のロボットだった。「ハナちゃん、ハナちゃん」と自分の娘のように話しかけ、料理、そうじ、洗濯の仕方など家事の一切を教えた。ぼくが高校を卒業すると、両親は郊外のＡＩ住居に移り住んだ。その時にぼくは、両親から、この家と家具、そしてハナを譲り受けた。それ以来、ハナと二人で暮らしてきた。

ハナはぼくのことをワタルと呼んだ。母の口調そっくりなので、時々母から呼ばれているような気になった。毎朝ハナはぼくを起こしに来た。

「オハヨウゴザイマス、ワタル。朝ゴハンガデキマシタ。今日ハ四月一日、月曜日、天気ハ晴レ、降水確率0パーセント、最高気温ハ21度デス」

と母から教えられた通りにぼくにも言っていた。朝ごはんは具だくさんのみそ汁、白ごはん、それに鮭か卵か納豆が付く。両親がいなくなっても、ぼくはそれまで通りの食事を取ることができた。食事をしながらぼくはハナにその日の予定を話した。

「今日は午前中で帰って来て、昼は家で食べる」

とか、

「ハルカとタカシと一緒にランチを食べて、昼過ぎに帰る」

とか、

「今日は海に行くから、夕食も外で取る」

そんな時ハナはうなずきながら聞いて、ぼくが出勤する時は、

「イッテラッシャイ」

と見送ってくれた。

「いってきます」

ぼくはドアを閉めながら言ったもんだ。

ただの機械だと思っていたのに、もう動かない、しゃべることもないと思うとさびしい。心の中にぽっかり穴があいたような気がする。ぼくはハナの終了ボタンを押して、居間の定位置に移動させた。そこがハナの充電台だった。ヒューマノイド型の人間そっくりのロボットが多い中、ハナはいかにもロボットという感じの無骨な造りだった。頭は球形だが、他は円柱の組み合わせで、下半身はスカートのようになっている。一昔前の人間が思い描くロボットそのものだった。そんなハナにぼくは愛着を持っていた。

「ハナ、お前はりっぱだよ。朝ごはんの準備までちゃんとしたのだから。最後までよく働いたね。ごくろうさま」

思わず話しかけて、身長１４０センチの頭をなでた。ハナは何も言わない。もうハナに今日の予定を話すこともないのだ。

とりあえず朝ごはんを食べて出勤しよう。昼帰ってから、食器の片づけや洗濯をしよう。いつもハナがやっていたように。

八時に出勤してひたすら仕事に励んだ。十時の休憩時間にぼくは屋上でお茶を飲んだ。眼下の公園を眺めながら濃い緑茶を飲むのがぼくは好きだ。桜が満開で、花びらが風に舞っていた。ぼくがぼんやり見ていると、

「どうしたの。元気ないわね」

という声がした。ハルカだ。ハルカはいつも自然体で、気のおけない友人だ。今朝のことを話すと、ハルカは黙って聞いてくれた。そして、二人とも公園の桜を眺めていた。

休み時間の終わりにハルカが言った。

「ハナの体は修理できなくても、ハナのデータを新しいロボットに移すことはできるはずよ」

「ハナは死なない」

「そうよ。ハナは新しい体に生まれ変わるのよ」

それから仕事ははかどり、十二時の終業時刻になると、ぼくはハルカにさよならを言って、一目散に家に帰った。

ハナは朝と同じ場所にいた。ぼくは洗濯機を回しながら昼食を取った。冷蔵庫の中に昼食となるようなものをハナは用意していた。母がそのように教えたのだ。いつも一食分は冷蔵庫に用意しておくようにと。食器の後片づけをして、洗濯物を干すと、もうすることがない。ハナだったらそうじをして部屋をきれいにするだろうとぼんやり思った。ベランダから下の公園の桜が見えた。

チャイムが鳴ったので玄関に出ると、配達ロボットが立っていた。人間そっくりだ。

「夕食の材料を届けに来ました」

「ありがとう。ごくろうさま」

ぼくは受け取って材料を片づけながら考えた。なぜロボットだとわかったか。新品らしく新ロボットのにおいがしたからだ。それに、話し方になまりがなく、完璧なイントネーションだった。人間だったら生まれ育った土地のなまりがあったり、その人なりの話し方の癖があるはずだ。でも、それがなければ、ぼくにはロボットだとはわからなかった。ハナとはえらい違いだ。

何もすることがないので、夕食を作ることにした。材料は、にんじん、じゃがいも、玉ねぎ、牛肉、カレー粉、それに、キャベツ、トマト、ヒラマサの切り身。材料を見ただけで、どんな料理かわかった。母はもともと、一目でどんな作り方をしたかわかるような料理しか作らなかった。ハナは母から学習したので、作る料理はいたってシンプルだった。

玉ねぎ、キャベツの外葉、牛肉を炒め、それに、にんじん、じゃがいもを入れて煮こみ、塩、カレー粉で味を付ける。その間にキャベツを塩もみして、シーチキンとあえる。シーチキンの油が甘いので砂糖は入れず酢で味を付け、それにトマトを添える。ヒラマサは包丁で切って、刺し身として食べる。カレーもキャベツの酢のものも四食分できたので、残りは取っておいた。

自分でよそって食べた。どれもおいしい。材料が新鮮なのだ。ハナがちゃんと選んでくれたのだ。

「ハナ、おいしいよ」

と言っても、ハナは何も言わない。今までは、よそってくれて、

「オイシイデスカ?」

とか、

「オカワリハ?」

とか、聞いてくれたのに。一人で食べる夕食はわびしい。「アイトーク」のアルバム「桜花」を聴こう。アイトークの歌には、季節感があり、言葉遊びも楽しい。若い恋の切なさやドキドキ感がいい。リズムはロックでぼくの好みだ。今日はとりわけ恋の切なさを感じる。夕食の片づけもアイトークを聴きながらした。今日みたいな日は、何かすることがあった方がいい。いつもはハナが片づけている間、ゆっくりくつろいで本を読んでいたのに。今夜はさっさとお風呂に入って寝よう。明日は、ハナの体を買いに行く。


次の日、仕事が終わって帰ろうとすると、ハルカが声をかけた。

「今からロボット買いに行くんでしょ？」

「そうだよ。でも、その前に家に帰る」

「ハナに会いたいな」

「家においでよ。お昼食べるものもあるから」

「では、お言葉に甘えて」

という訳で、ハルカが初めて家に来た。

「これがハナね。こんにちは。かわいいロボットね」

ハルカはハナを眺め、頭をなでた。

「すごくバランスがいいわ。初代の家事ロボットで、人気があったのがよくわかるわ」

ぼくはハルカを放っておいて、昼食の準備をした。冷凍庫からトンカツとご飯を出して温め、昨日作ったカレーと合わせた。それに、キャベツの酢のものにトマトの皮をむいて添えた。

「トマトの皮を包丁でむくのを初めて見たわ。ワタルは趣味で料理を作るの?」

「いいや、家事ロボットが壊れたから、代わりにしているだけだよ」

「手つきがいいわ」

「ぼくは子どもの頃両親と暮らしていて、母が料理をするのを見ていた。だから料理がどんなものか知っている。時々お手伝いもしたし」

「そうなのね。ワタルはどこか他の人と違うと思っていたけど、そういう訳なのね」

ぼくは自分のことを至って普通の人間だと思っていたので、意外だった。

「ぼくは普通の男だよ」

「変わった人はそう言うわ。あなたはお育ちが良くて礼儀正しい。ごく普通の服装をしているけど、いい物を着ている。でも、どこか野性的な所がある。決して荒々しくはないけれど、人間の根元となるべき生命力を感じるの」

ぼくはハルカの言ったことの意味を考えた。ハルカこそ変わっている。普通なら口に出して言わないことや難しいことを平気で言う。

「ほめてるんだけど、そういうところ素敵よ」

そう言って澄ました顔をして、ぼくの作った昼食を食べた。

「どれもおいしい。それ本来の味がする。ワタルみたい」

本当にほめているのだ。ぼくは恥ずかしくなって、下を向いて食べることに専念した。こんな時ハルカは恥ずかしがったりしない。たぶん真っ直ぐぼくの方を見ている。

食事が終わった後、ハルカは部屋を見まわした。

「平成の家みたい」

「普通の家は違うの?」

「今度家にいらっしゃい。そうしたらわかるから」

そして、遠慮がちに言った。

「あの本棚にある本、見てもいいかしら？」

「いいよ」

ハルカは本棚の前に立って、上から下まで背表紙を眺めた。それからまた上の段から一段ずつじっくり見た。自分の体の中を見られているようで、居心地が悪い。その後ハルカは小さな声で、

「中を見てもいい？」

と聞いたので、

「どうぞ」

とぼくは答えた。ハルカが本好きだとは知らなかった。ぼくが昼食の片づけをしている間も、ハルカは本棚の前を動かない。片づけ終わっても、ハルカに動く気配はない。

「好きな本貸してあげるよ」

とぼくが言うと、ハルカはようやく顔を上げて、

「ほんと？　じゃあ今度貸してね」

と、何事もなかったかのように、出かける支度をした。

二人連れ立って店に行くと、広い店内を人間そっくりのロボットが案内した。

「どんなロボットがご入用ですか？」

「ロボットらしい家事ロボット」

「ロボットらしいとはどういう意味ですか？」

「一目でロボットだとわかって、人間と区別できること」

「他にデザインや機能についてのご要望はありませんか？」

「デザインは、あまり洗練されていないこと」

「意味がよくわかりません」

案内ロボットが言うと、ハルカがぼくに助言した。

「ハナのロボットナンバーを教えたら？」

ぼくが案内役にそれを伝えると、

「そのタイプの新型があります。人気の機種でしたから」

「では、それを」

「機能については、何をお望みですか？」

「家事機能があれば十分」

「今は、家事機能のみのロボットはありません」

「つまり、家事の他にいろいろな機能が付いているわけだね」

「その通りです」

「どんな機能が付いているの？」

「秘書機能、服装チェック機能、商品選択助言機能、趣味コレクション選択機能、友人選択機能、恋人選択機能、愛情機能……」

隣でハルカが笑いをこらえているのがわかった。

「もういい。一番機能が付いていないのは？」

「秘書機能付き家事ロボットです。家事の他にご主人のスケジュール管理や健康管理ができます」

「では、それを」

「かしこまりました。呼びます」

ハナをスマートにした感じのロボットがやって来た。一目でロボットだとわかるが、線がやわらかい。

「よろしいですか？」

と案内係が聞いたので、いいと答えた。

「よろしくお願いします」

と秘書機能付き家事ロボットが言った。

「よろしく」

と言って、ぼくは手を出してロボットと握手をした。

「そのまま連れて帰って結構です」

「前のロボットのデータを移すことは可能かな?」

「可能です。前のロボットのデータチップをここにかざしてください」

「ここね」

「そうです。前のロボットはお引き取りしてもいいのですが、古い物ですから、ロボット博物館に寄付してはいかがでしょう」

「そうするよ。いろいろありがとう」

ぼくたちは三人連れ立って家に帰った。

ハルカは新しいロボットにも興味津々で、ぼくの操作を面白そうに見ていた。データを移すとハナが言った。

「こんにちは、ワタル。どうしたのですか?」

「ハナの体が壊れたから、新しい体に換えたんだよ」

ハナはその時初めて自分の体を見て、それから、動かなくなった前の体を見て言った。

「ありがとうございます」

声は前のハナそっくりだが、話し方は、よりなめらかでほとんど人間に近い。ハナはハルカに気づいてあいさつした。

「はじめまして、ハナです」

「はじめまして、ハルカです。ワタルさんの友だちです。よろしく」

「よろしくお願いします」

ハルカはハナにあいさつすると、満足して帰った。

一週間ほどして、ハルカから昼食に招待された。ハルカの部屋は、広いワンルームの板ばりで、木製のテーブルといすが二脚。他に家具らしい物も家電もなくロボットもいない。壁は淡い緑色で、今の季節にぴったりだ。

「まあ、すわって」

とハルカが言った。あまり物がないのも落ち着かない。

「ワインいかが?」

「いいね」

言い終わらないうちに、ワインが入ったグラスが二つ載った台が壁から出て、テーブルの横にピタリと止まった。

「これが現代のＡＩ住居なの。住居がＡＩの機能を担っているの。だから、家電も家事ロボットもいらないわけ」

ぼくだってＡＩ住居のことは知っている。でも、体験するのは初めてだ。ハルカが我が家を見て面白がるわけだ。それから、フランスのコース料理のように前菜、スープ、魚料理、肉料理が一品ずつ出て、デザートには、ぼくの好み、和菓子と濃い緑茶が出た。

「ごちそうさま。おいしかった」

「なかなかでしょ。うちのＡＩの料理」

「まるで魔法みたいだ」

「そうでしょ。私はこのすっきりした空間が好き。たった一人でいる時も。でも、普通の人はやはり物に話すより人に話したい。せめてヒューマノイドや動物など、擬人化できるものに話したい。だから、人型ロボットはなくならない。どんなに科学技術が進歩しても」

「そうだね。ぼくにとってハナは、大事な存在ではなかった。両親がＡＩ住居に移る時、家と一緒に譲り受けただけだった」

「人として接してきた？」

「いや、ただの機械だと思っていた。それなのに、ハナが壊れてもう動くことがないと思った時はショックだった」

「あなた、大事な人を亡くしたような顔をしていた」

「そう、ぼくはいつの間にかハナに愛着を持っていたのだ」

「ハナに対するあなたの気持ち、愛着という言葉では足りない、子どもにとってのぬいぐるみやペットに対する気持ちとは違う。あなたはハナに人格を認めている」

「そうかもしれない。知らないうちに人として認識していたのかもしれない。ロボットなのに」

「私はかなり合理的な人間だけど、この前ハナと話した時には、人に対するように話していたような気がする」

「ぼくにもそう見えた。何だかうれしかった」

「ハナはあなたにとって大事な存在だから、人格を認めたのね、きっと」

「人間だって同じだ。親しくなるにつれて、だんだん大事な存在になる」

「そうね。食事が終わったら散歩しましょう。今、ツツジがきれいなのよ」

ハルカの家の近くに小さい公園があって、ツツジが満開だった。天気もよいので、たくさんの人が散歩していた。

「いい気持ちだ。人間らしい気分になる」

「ロボットもいるわよ」

「ロボット犬ね」

「いいえ、人型ロボットよ」

「えっ」

「向こうから歩いてくる青いシャツを着た男性のお相手」

「ちょっと見ただけじゃわからない。どうしてわかった?」

「歩き方に癖がなく、姿勢が良すぎる」

「そんな人もいるだろう。モデルとか」

「そうね。でも、恋人らしい雰囲気が感じられない」

「恋人じゃないかもしれない」

と言って、ぼくたちはどう見えるだろうと思った。

「友だちだって、気持ちの交流はあるはずよ。彼女にはそれが感じられない。たぶん彼女は新品ね。ご主人になじんでくると、人間らしく見えるかも」

「ということは、人間と区別がつかない人型ロボットが、この公園にいるかもしれない」

「たぶん、今の技術でなら可能だから」

「何だか気持ち悪い」

「そう？　人間そっくりの人型ロボットを欲しがる人は、わりといると思う」

「何のために」

「たとえば人生のパートナーとして。人は一人では生きられない。でも、一緒に生活すると、けんかになることもある。生活習慣や価値観が違うから」

「でも、ロボットに人間の、その人の気持ちや思想を理解することはできるだろうか?」

「そう? 人間同士でも、人はお互いに真に理解することはできない。どんなに親しくなっても。あなたのこと、私とハナのどちらがより理解していると思う? 人間である私の方が理解しているとは限らない」

「ハナは、十年分のぼくのデータを持っているからね。でも、ぼくは、ぼくのやり方で、ハルカのことをもっと理解したいと思うよ。その身も蓋もない言い方も含めて」

一瞬沈黙があって、ハルカは小さな声で言った。

「ありがとう」

ツツジの鮮やかなオレンジ色がぼくの目にとびこんで来た。それからしばらく散歩して、どちらからともなく別れた。

「ただいま」

家に帰るとハナがいた。

「お帰りなさい」

ほっとした。ここはぼくの家だ。でもウキウキする。思わずハナに話しかけた。

「今日ハルカの家でお昼をごちそうになった」

「そうでしたね」

「その後、近くの公園を散歩した。ツツジがきれいだった」

「ツツジの季節になりましたね」

「今度お昼にハルカを招待したい」

「いい考えです。メニューは何にしましょう」

「カツオのたたきをメインに季節の料理を」

「かしこまりました。お酒は？」

「いらない。食後においしいお茶を」

「わかりました」


一週間後、ぼくはハルカを招待した。仕事が終わって、一緒に家に来た。

「ただいま」

ぼくが言うと、ハナは、

「お帰りなさい。ハルカさん、ようこそいらっしゃいました」

と、ハルカを迎えた。

「こんにちは。今日はお招きありがとうございます」

ハルカはハナの目を見てあいさつをした。

ハナが配膳するのを、ハルカは興味津々で見ていた。テーブルの上に、ごはん、カツオのたたき、小松菜の煮びたし、キンピラごぼうが並んだ。

「いただきます」

と、言って、ぼくたちは食べ始めた。

「おいしいわ」

ハルカはハナに向かって言った。

「ありがとうございます。ごゆっくり」

と答えて、ハナは台所にもどった。

「本当においしいわ」

今度はぼくに向かってハルカは言った。

「純粋な和食、平成の味」

「いつの時代のものでも、おいしいものはおいしいわ」

ぼくたちは季節の料理を楽しんだ。

「平成時代には、一日十時間も働いていたなんて、信じられない」

「法律では八時間労働なのに。理屈に合わないと思うよ。だから、過労死する人も病気になる人もたくさんいた」

「その上、家庭にはロボットはほとんど普及していなかったから、家事も大変だったはずよ。子どもは家庭で育てていたから、子育てもあったのよ。昔の人はすごいわ」

「それでは、人間らしい生活とは言えないね。ぼくは平成の生活様式は好きだけど、現代のような四時間労働がいい」

「それもみんなロボットのおかげね。だれがこんな社会が来るって想像したかしら?」

「だれかが考えていたと思うよ。ロボットだって、カレル・チャペックの造語だし」

「確かチェコ語で『働く人』という意味」

「それに、四時間労働だって、随分前にラッセルという哲学者が提唱していた」

「どういう風に?」

「『怠惰への讃歌』という本の中で、四時間労働にすると余暇が生まれ、余暇が生まれることによって経済活動が活発になると」

「つまり、余暇にお金を使うことによって、経済成長をするわけね」

「その通り」

「新しい世界ができたと思っても、その新しい社会を何らかの形で考えていた人がいたわけね」

「というより、いろいろな考えや想像の力によって、新しい社会ができ上がるのではないだろうか」

「そうね。ワタルの言う通りだわ」

ハナが来て、ハルカに聞いた。

「おかわり、いかがですか?」

「ありがとう。十分頂いたわ。ごちそうさま」

お茶が出て来た。二人はゆっくりお茶を飲んだ。

食後、ハルカは本を物色し、ぼくはアイトークの音楽を聞いた。ハルカには本さえ与えておけば気を使わなくていい。ベランダから見える公園の新緑がきれいだ。今日は晴れているから、きれいな夕焼けが見えるだろう。

ハルカは本棚の前から動かない。ぼくは音楽を聞いている。ハナは食器の片づけをしている。みんな別のことをしているのに、くつろいでいる。何だか家族みたいだ。

　ようやくハルカが本を大事そうにかかえて来た。

「この二冊借りていいかしら？」

「いいよ」

「大事に読むから」

「わかってるよ」

　ハナがお茶を運んできた。二人でゆっくりお茶を飲んだ。

「もうすぐ夕焼けが見えるよ」

「えっ、もうそんな時間？　長いことおじゃまして、ごめんなさい」

「いいよ。ゆっくりしていって」

「ありがとう。でも、今日はもう帰ります。ハナちゃん、ごちそうさまでした」

　そう言って、ハルカはさっさと帰った。ぼくは一人で夕焼けを見た。ハルカは今頃本を読んでいるだろうと思いながら。

　それから、時々、ハルカは家（うち）に遊びに来るようになった。いつも昼食を一緒に食べて、本を二冊借りて帰った（家は図書館か）。

食事をしながら、ぼくたちはたくさん話をした。両親のことや子どもの頃の話を。ぼくは高校を卒業するまで両親に育てられた。しかし今は、子どもは生まれた時から子ども園で育てられる。ハルカもそうだった。それでもハルカは両親をよく知っているという。休日には両親が動物園や山や海に連れて行き、実家にお泊まりしたからだ。しかし、彼女が高校を卒業すると、ほとんど連絡を取らなくなった。たぶん、親の役目は終わったと思ったのねとハルカは言った。ぼくだって両親がＡＩ住居に移って以来、両親とは会っていない。

ハルカと話してわかったのは、彼女は人との距離の取り方がうまいということだ。ハルカは、自分の意見をストレートに言う。それがかなり変わった意見であっても、人がそれをどう思うかなどは考えない。しかし、他人の領分には踏みこまない。親しくなっても近づき過ぎたりしない。今でも本を見る時はぼくに必ず断りを入れる。時には、ぼくより本の方が好きなのかと思うほど、素っ気ないこともあるけど。

ある時、ハルカが帰った後でハナが言った。

「ハルカさん、いい人ですね」

「えっ、どうして？」

「私の目を見て話します。それから、あいさつもお礼もきちんと言います」

ハナが人を評価するのを初めて聞いた。どういうことだろう。ハナにとってはぼくが主人に当たるので、ぼくの気持ちを読み取ったのだろうか。しかしハナは「いい人」である理由に自分に対する態度を挙げた。そして、「礼儀正しい人」とは言わなかった。「いい人」と言ったのだ。ハナには愛情機能は付いていない。しかし、感情同調のようなものがあるのかもしれない。ハルカがハナに好意を持っているから、ハナもハルカに好意を持つというような。

次の日、ハルカにその話をした。

「感情同調って言葉、おもしろいわね。でも、それ、対人距離コントロールじゃない？」

「人の中で働くロボットには必ず付いている機能――人に当たらないように自動的に距離をとる機能のことだね。でもそれは、物理的な距離だけでなく、精神的な要素も考慮される」

「そう、人が自分の領分(テリトリー)と感じる距離は、一・二メートル。基本的にはそれ以上は近づかない。だけど、人が恐怖や嫌悪を感じた時にはもっと遠ざかり、人が親近感や好意を感じた時はもっと近づく」

「その応用が感情同調のような機能になるんだね。人がロボットに好意を持つと、ロボットがその人に対して、好意を持っているかのようにふるまう」

「私はハナに好意を持っている。デザインが好きだし、あなたのロボットだから。それでハナも私に好意を持っているかのような言動をするんじゃないかしら？」

「でも、どうしてそれが『いい人』になるんだろう」

「ハナは初めお母さんのロボットだったわね」

「そうだよ」

「お母さんがハナに教えたんじゃない？」

「確かにぼくも子どもの時、相手の目を見て話すことと、あいさつ、お礼を言うことは大事だと教わった」

「同じことをハナにも教えたのよ。きっと」

「でも、ハナはタカシには『いい人』だって言わない。相手の目を見て話すし、あいさつもお礼も言う。愛想だっていいのに」

「それは変ね。私の方が来ることが多いからじゃない？　五回以上会ってから、いい人と認定するとか」

そう、タカシは知り合った頃、二回家に来ただけだ。ハナのことをかわいいとほめて、家の様子もおもしろいと言っていた。今思えば、普通の人がどんな生活をしているのかを知りたかったのだと思う。なぜなら、タカシは、ロボットメーカーの老舗タケカワ財閥の御曹子で、広いお屋敷に祖父母と両親、兄と妹、それに大勢の使用人と共に暮らしているのだ。

タカシとハルカとぼくは仲がよく、三人でよく遊んでいた。しかし、最近はタカシの愛犬ポチの体調が悪いので、仕事が終わるとすぐ車を運転して自宅に帰ってしまう。自動運転の車が多い中、自分で車を運転する人は少ない。しかも、年代物のスポーツカーだ。

今朝タカシが目を真っ赤にして職場に来た。ポチが死んだのだ。

「ポチは、ぼくが小学校一年生の時から育てたんだ。遊ぶのも寝るのもずっと一緒だった。ぼくたちは一緒に大きくなったんだ。大学も北海道か九州の大学に行きたかったんだけど、ポチと別れたくなくて、地元の大学に行ったんだ」

ぼくたちは、昼食を取りながら、タカシの話を聞いた。こんな時ハルカは何も言わない。ぼくはハナが壊れた時のことを思い出した。ハナは体を換えることができた。でも、生き物であるポチの代わりはないのだ。そう思うと、ぼくも何も言えなかった。

次の日、ぼくたち三人は、タカシの車で海に行った。魚料理を食べて浜辺を歩いた。初夏の日ざしが明るく、暑いくらいだった。ぼくとハルカは靴をぬいで裸足になった。タカシは上着もズボンもぬいで、トランクスだけになって海に入った。とにかく水の好きな男なのだ。学生時代、月夜の晩にフェンスをのりこえて、学校のプールで泳いだとか、山に行った時ダムで泳いだとかいう話を聞いたことがある。ぼくとハルカは、海で遊ぶタカシを浜辺に座って見ていた。タカシが少し元気になってよかったと思いながら。

こうして、また三人で過ごす日常がもどってきた。ある日タカシが言った。

「ぼくもそろそろ一人立ちしようと思う。部屋を借りて一人暮らしをするんだ」

「AI住居?」

ハルカが聞いた。

「もちろん。そして結婚して二人で住めるように広い部屋」

タカシはわりとプライベートについては話さない。恋人や婚約者がいるかどうかもぼくは知らない。

しばらくして、新しい住居に移ったからと、タカシから招待された。すごい豪華マンションかと思ったが、何の変哲もない普通のマンションだった。でも、造りがていねいで、一つ一つの部屋がゆったりしている。しかも、日照通風が良好で、窓から外の眺めがいい。今では最高のぜいたくとも言える。

「いい部屋ね」

「落ち着いて生活できる感じだ」

ぼくたちは部屋をほめた。居間には若い女性がいた。

「こんにちは。アイです」

ぼくたちも自己紹介して、アイと握手した。もう恋人を連れて来たのかと思ったが、タカシは何も言わない。タカシだったらちゃんと紹介するのにと思って、タカシの無表情な顔を見た。何かひっかかる。ハルカが口を開いた。

「高度なロボット技術ね」

違和感はにおいだ。新ロボットのにおいがしたのだ。アイは完璧な人型ロボットだったのだ。

「どうしてわかった？」

タカシがたずねた。

「彼女ね、視線がゆるがなかったの。人は相手と目を合わせると、何らかの感情が生まれるはずよ。でも、彼女にはそれが全くなかった」

「ワタルはどう？」

「ぼくは、てっきり人間だと思っていた。だけど、新ロボットのにおいがしたから、ひょっとしてロボットかもと思ったんだ」

「二人とも、さすがだ。よくわかったね。視線が問題だね。技術者に伝えよう、人として働いてもらうために」

「どういうこと？」

ハルカがたずねた。

「アイは、人間のアイのロボットコピーなんだ。アイはもともと祖母の介護をしてくれていた人で、初めは午前中だけ働いていた。それが今では、一日中アイを必要とす

る。夜中も彼女をよぶんだ。他の人ではダメだというのだ。そこで、家族で相談して
アイのロボットコピーを作ることにした。祖母の生きている間だけ、介護に限ってと
いう条件でアイの了承をとって。祖母は現実を受け入れられない。他の方法はなかっ
たんだ」
「アイは、分かってくれたの？」
ぼくはたずねた。
「うん、祖母の実態がよくわかっていたから。でも、仕事は辞めさせてほしいと言っ
た」
「当然だろうね。自分そっくりのロボットがいるなんて、気持ち悪いと思うよ」
「そうかもしれない。彼女はそうは言わなかった。私の仕事はもうありませんからと
言ったけどね」
ぼくは、ロボットのアイを改めてよく見た。ぼくは人間のアイを知らないけれど、
きっとこんな人なんだろうと思った。
「さすがタケカワ電機ね。今の日本の最高の技術が全て使われているわ」
それまで黙ってロボットを見ていたハルカが言った。

「祖父の指揮のもと、タケカワ電機のブレーンを集めて作った。今回の開発が人型ロボットの技術に寄与すると言って」

「すばらしい。もう完成しているのよね」

「人間アイの記憶の一部――祖母、介護技能、アイが祖母に話したことなどをデータとして入れている。でもまだ完成しているとはいえない。今、ぼくがしているのは、人間の生活を体験させることだ。車に乗せて買い物に行ったり、公園を散歩したり、友人と会ったりするために、一緒に生活している」

「ロボットの人間化ね」

「その通り。その後、人間のアイと一緒に生活して、彼女の所作、くせ、話し方などを学んで完成する」

「その頃には、新ロボットのにおいはしない」

「そして、視線に感情が宿るかのように見えるかもしれない」

「ロボットに感情はない。でも視線がゆらぐようにすることはできる。たぶん、感情があるかのようにすることは可能だ。有益な意見をありがとう」

その後、ぼくたち三人は昼食を食べた。アイは配膳してくれて、話もした。タカシがアイとたくさん話してほしいと言ったので、三人で遊んだことやタカシが海に入ったことなんかも話した。アイは楽しそうに聞いていた。ロボットアイの話し方は、今は何のくせもないけれど、人間アイの話し方を習得すると、きっと人間アイにそっくりになる。ロボットだと知っていても、人間にしか見えないだろう。タカシは、他に方法はなかったと言っていた。確かにタカシの祖母にとっては、最善の方法かもしれない。ロボット技術の恩恵だともいえる。でも、人が個人を必要とする場面はたくさんある。愛する人を失った時、母親が長期の入院で幼い子どもが残された時、人はその人そっくりのロボットを作ることができる。以前は、あきらめられなくてもあきらめてきたことに対して、個人の代替、生命の代替が選択肢の一つとなるのだ。タカシがいつになく悩ましい顔をしているのがわかった。

それに引きかえ、ハルカは何の屈託もなく話しているように見える。ロボットアイとの会話は、まるで若い女性同士の楽しげな会話だ。自分たちの生いたちや仕事の話など、自己紹介の延長をやっている。しかし、ハルカは他人のことに興味を持っているいろ聞くタイプではない。だから、ぼくたちはつい最近までお互いの生いたちや趣味のことなど、何も知らなかったのだ。つまり、ハルカがやっているのは、ロボット調査とロボット訓練だ。ロボットの能力を調べながら、同時に話し方や知識を教えているのだ。案の定、帰りがけに、タカシはハルカに言った。

「ありがとう。おかげでアイの能力はぐっと向上したよ」

「どう致しまして。でも、すばらしい技術ね」

「祖母のためだよ」

「おばあさん、お大事に。アイさん、今日は楽しかったわ。おじゃましました」

ハルカがにこやかにあいさつするのを、ぼくは複雑な気持ちで見ていた。ぼくもアイにお別れを言って、二人連れ立ってタカシの家を出た。

「複雑な気分だ」

「ロボットが人間そっくりだから？」

「それもあるけど、科学技術でできることをみんなしてしまうと、生命の代替もできると思って」

「そうね。実は、人間そっくりのロボットを作ることは、何年も前から可能だったの。それが最近まで普及しなかったのは、あまりにも人間そっくりのロボットに対して、人は気味が悪いと感じるからなの。それは、ワタルが今言った、生命の代替に対する抵抗感だと思う」

「ぼくは、科学技術の発展には、無条件に賛成しないね」

「ワタルの持論ね。私も同感よ。でも、人間は、作るでしょうね」

「それが人類の幸福につながらなくても？」

「たぶん。可能な限り真理を追究し、可能であればどんな物でも作る、それが人間の欲望だから」

「だれにも止めることはできない」

「でも、それを人類の幸福のために使うことは可能よ」

「そう言って人類は原子爆弾を作って、多くの人を殺した。その後、原子力の平和利用だと言って、原子力発電所をたくさん作り、その後片付けに苦労している。そして今、人間のコピーを作って、だれかの幸福のためだと言っている」

「私も問題だと思う。人間そっくりのロボットには、何らかの規制が必要だと思う。場合によっては、犯罪に使われることだってある——アリバイ工作とか、遺産相続とか。でもね、ロボットアイは、人間アイの完全なコピーではないの」

「あんなにそっくりなのに？」

「そう、たぶん外見はね。でも、見た目は人間だけど、内臓はないでしょ」

「当然」

「それと同様に、ロボットアイには、人間アイの根元となるもの、アイデンティティーを欠落させているのよ。たとえば、家族との思い出、学生時代の友だち、初恋、好きな本や音楽、映画など、普通の人間なら持っている個人情報が入っていないの。タケカワ電機の技術者は、人間アイの個人情報保護のために入れなかったと思うの。入っている情報は、タカシのおばあさんの介護に必要なものだけ――介護の技術、おばあさんの情報、そして、かつてアイがおばあさんに話したであろうアイの個人情報。つまり、ロボットアイは、人間アイの一部――介護士としての部分だけのコピーなの」

「つまり、アイの一部介護のみに特化したロボットというわけだね」

「その通りよ。だから、私にはハナの方に、より人間性、というか親しみを感じる」

「どうして？　ロボットらしいロボットなのに」

「まず、ハナは、だれかのコピーではない」

「でも、量産品だよ」

「体はね。でもあなたは、前のハナのデータを今のハナに移したでしょ？　どうして？」

「それは、前のハナのデータが必要だから」

「そう、あなたにとって大事なのは、ハナのデータ。そこには何が入っている？」

「母が教えた家事の仕方」

「それだけじゃないでしょ。あなたのことやご家族のこと、あなたとハナの会話など、たくさんの情報が入っていたはずよ。それはハナの『思い出』ではないかしら？」

「そうだ」

「そのハナの思い出、つまり情報は、他のロボットとは違う唯一つのもの」

「つまり、それがハナのアイデンティティーと言いたいんだね」

「そうよ。ハナと同じ家事ロボットは、この世に二人といない。ハナはだれかのコピーでもないし、ハナはハナなのよ」

「合理的なハルカにしては、情緒的な言い方だね」

「私ハナのこと、好きなのね。きっと」

ハルカは小さな声で言った。

タカシに恋人ができた。犬が取り持つ縁というやつだ。その日タカシは車を車検に出して、歩いて出勤していた。公園の中で子犬を見つけ、かわいい犬だと思っていると、目が合って子犬がしっぽを振った。その飼い主がマユミだった。看護師で動物が好きなので、タカシとは話が合った。それ以来タカシは徒歩で仕事場に通い、マユミと一緒に子犬の散歩をした。タカシの顔を見る限り、恋は順調だった。

そんなある日、仕事の後、ハルカとランチに行こうと思っていると、ハルカは、

「今日は用事があるの」

と言って、先に帰ってしまった。何の説明もなく。外に出ると、ハルカがタカシの車に乗るのが見えた。今日タカシは車で来たのだとぼんやり思った。

家に帰ると、ハナが迎えてくれた。

「お帰りなさい。今日は、ハルカさんと一緒じゃなかったのですか?」

「タカシと一緒にどこかに行った」

と答えると、

「今度のワタルのお誕生日にハルカさんを招待しましょう」

と言った。

「まだ、四か月も先だよ」

何で突然誕生日の話になるのかと思ったが、ハナはそれ以上何も言わず、昼食の準備をした。ハナにしては言っていることに脈絡がないと思ったが、そんなことはどうでもよくなって、昼食を食べた。

気分が晴れないので、本棚からジェラルド・ダレルの『積みすぎた箱舟』を取って読んだ。最近タカシにこの本のことを聞かれて、思い出したのだ。たぶん恋人の愛読書ではないかと思う。タカシはもう読んだかななどと、タカシのことを考えていた。二人はどんな話をしているのだろう。

でも、『積みすぎた箱舟』はおもしろい。若い動物学者が、自分の動物園を作るためにアフリカのカメルーンに行く話だ。実話だが、登場人物も、動物も個性的で思わぬことが次々に起きる。読んでいるうちに本に引きこまれて、気持ちが軽くなった。

次の日、ハルカはいつもと同じ表情で職場に来て、当然のように自宅のランチにぼくを誘った。そして、昨日のことを話した。タカシには了承を取っていると言って。

「ハルカを女と見込んで相談があるって、昨日タカシから言われたの。おもしろい言い方ねと思ったけど、タカシがあまりにも切羽つまった顔をしていたから、すぐ承諾したの」

ハルカの話によると、タカシはマユミに正式に交際を申し込んだら、断られたというのだ。ロボットアイのことを恋人だと誤解していて、ロボットだって説明しても、わかってもらえない。どうしたらいいのかという相談だった。

「まだアイはタカシの家にいたの？」

「三日前に実家に連れて行ったと言っていたわ。でも、毎日いろいろな所に連れて行ったら、だれの目にも触れるわね」

「結局、何て助言したの？」

「もし、本気で交際を申しこむのなら、何もかも正直に話すのが一番よ。あなたがタケカワ財閥の御曹司というのも含めてね。普通の人は、人間そっくりのロボットは持っていない。なぜなら、人間そっくりのロボットを作るには、現代の最新技術とお金がいるの。つまり、そんなことができるのは大金持ちだけよ。って言ったの」

「タカシは納得した？」

「まだ財閥だって知られたくない。ぼく自身のことを認めてほしいと言ったから、自分の素姓を隠して交際を申しこむなんて、女として許せないものよって言ったら、考えこんでいたわ」

タカシはいい相談相手を選んだ。次の日からタカシは徒歩で通勤するようになった。

もうすぐ夏だ。

二　ロボット省、ロボット未来課

　ぼくたちの勤務先は、ロボット省、調整局、ロボット未来課だ。ロボット省は、ロボット産業の育成とロボットの普及を主な目的として、二十年前に発足した。省内の調整局には、法整備課があり、ロボットの社会進出に伴う様々な法律的な問題を検討して、法律作成の準備をしている。日本が世界に先がけてロボットの普及が進んだのも、法整備がすぐ対応できたからである。

　さらに十年前、タケカワ電機が家事ロボットを販売してからというもの、人型汎用ロボットのシェアの半分は日本企業が占めている。しかし、日本政府は安穏としてはいなかった。次の段階を視野に入れていた。データ処理、肉体労働の代替、そして、汎用ロボットの次の段階を。

　つまり、日本政府は、人間のしている全ての労働をロボットに肩代わりさせる社会を目指していた。どんな仕事であってもマニュアル化することができる。だから、人間のする仕事はロボットでもできるという論理である。

その時問題になるのが、人がそれぞれ持っている価値観である。技術的な問題は、時間が解決する。法整備も、ある程度の時間と話し合いで解決できる。しかし、人の常識や道徳、人生観などは、時間や話し合いによって変わるというものでもない。

全ての仕事をロボットにさせる時に妨げになる人間の価値観について研究し、それを取り除くために、政府は、ロボット省調整局の中にロボット未来課を作った。

できたばかりのロボット未来課に、昨年の春、ぼくたち六人は配属された。学校を出たばかりの新人を前にロボット大臣は言った。（ロボットが大臣をしているわけではない。ロボット省の国務大臣のこと）

「現在日本は世界一の経済成長を遂げている。それは偏にロボット産業の発展による。技術力もさることながら、その普及を可能にする法整備、国民の理解によるところが多い。今、日本政府はさらなるロボットの普及を図るための準備を始めている。技術、法整備、国民の理解の三点である。そして今回特に重要なものが、三つ目の国民の理解である。日本人は割と人型汎用ロボットに親近感を持っていたので、今まであまり問題はなかった。何分（なにぶん）日本には鉄腕アトムがいたのだから。しかし今回は違う。たぶん国民は言うだろう、子どもの世話は人間がするべきだ、小学校の教師も人間でないとだめ。ロボットに逮捕されるのは嫌（いや）。ロボットの裁判官に判決を下されるのも嫌。そんなことではこれ以上の汎用人型ロボットの普及は望めない。

さらに問題なのは、人間は働くべきだ、とか、働くことが人間の幸せにつながる、などという古い価値観にとらわれている人間が多いことだ。

現在の日本は、一番成功した社会主義国と言われるほど、国民の平等と福祉が実現している。子どもは生まれた時から子ども園で専門家によって育てられ、自分の能力に合った教育を受け、就職する。老後の生活も保障されている。ゆりかごから墓場まで。そして、今国民は一日四時間働いておるが、いずれ、働かなくてもいい日が来るのだ。そのためには、あらゆる仕事をロボットにさせる必要がある。

そこで、君たちの出番である。全ての仕事をロボットにさせるにあたって、その妨げとなる人間の価値観について研究し、それを正す方法を考えてほしい。難しい課題ではあるが、日本のためには、避けては通れぬ課題である。君たちに日本の将来がかかっていると言っても過言ではない。君たちに期待する」

ロボット大臣は言うだけ言うと、さっさと部屋を出て行った。

入れかわりに入室したのが、いかにもキャリアという感じで仕立ての良いスーツを着た調整局長だった。どこかで見た顔だと思ったら、面接の試験官だった。

「私が調整局長のオカダです。ロボット未来課を作ることは、かねてからの私の希望でした。科学技術の進歩により人類は繁栄してきました。それは、科学技術の進歩が社会の変革をもたらし、社会の変化に人間が対応したからです。

とはいえ今までもその対応が必ずしもスムーズだった訳ではありません。社会の変化に反対する人もいれば、社会の変化から取り残された人もいました。しかし、それは社会全体に混乱をもたらすものではありませんでした。ある程度の犠牲の上に成り立っていたと言ってもいいでしょう。

しかし、これから先の科学技術の進歩による社会の変革は今までとは比べものにならないほど大きく、危険を孕(はら)んでいます。なぜなら、今までの変革は主に物理的――便利になる、より速く移動する、物が手に入る、場合によっては物を壊すといった目に見えるもの、はっきりわかるものだったのです。ところがこれから先は違います。人間の特性だと思われていた、思考、感情、人間関係などが、機械、つまりロボットに置き換わるのです。人間が指令を出さなくても、ロボットが自分で判断し行動するのです。人間の存在意義が問われる時代だといえます。

全ての仕事をロボットにさせるにあたっての問題点を考えること。これがあなたたちの仕事です。現代の常識や価値観ではなく、人類の歴史の中で育まれた知性と十年後百年後を見通した知性によって。

さて勤務形態ですが、月曜日から金曜日まで四時間勤務。火曜日はロボット事情に通じなくてはいけないので、一日研修。講師はこちらで用意しますが、希望があれば言ってください。他に必要な物やデータがあれば、何でもこちらで準備します。考察は個人で行いレポートを書いてください。形式は自由。しかし、六人お互いの考察を秘密にする必要はありません。どんどん論議して、刺激し合い、自分の思考を深めてください。新しくできたばかりの部署なので自由にやってもらって結構です。しかし、困ったこと、相談があったら、私に直接たずねるか、調整局のとなりの部署、法整備課の人たちを頼りにしてください」

調整局長もあいさつをすると、帰って行った。残されたぼくたちは、自己紹介をした。初めに口を開いたのは、いかにも育ちの良さそうな明るい感じの男だった。スーツもラフで明るい色の物を着ていた。

「ぼくはタカシです。獣医科を出ました。でも、血を見るのが嫌で、解剖実習の度に気分が悪くなったので、獣医になることはあきらめました。

ロボット大臣の話を聞きながら考えていたのですが、全ての仕事をロボットがする時代は来ないのではないかと思います。技術的には可能かもしれません。しかし、ロボットが人に死刑を宣告するなどということを、人間が受け容れられるはずはありません。それは、人間は生きているが、ロボットには生命が宿っていないと考えるからです。ロボットに命の代替はできない。

それでもどうしてもロボットに仕事をさせるためには、生命の代替、つまりロボットに生命があるかのように思わせること、ロボットも、人間と同じ様に思考し行動すると思わせることが前提となります。それは錯覚にすぎません。しかし、ロボットを生命の代替と認めれば、多くの仕事をロボットにさせてもいいと思う人が増えるでしょう。あのロボット大臣だって、自分の考えを口にしているわけではありません。経済界の要望をだれかにまとめてもらって話しているだけです。ロボットが大臣をしても構わないと思える日が来るかもしれません。ロボットの方が論理的だし。

そこでぼくの提案ですが、ロボットが生命の代替になることに慣れるために、動物のロボットを作ったらいいと考えています。もちろん今でも動物ロボットはいますが、本物そっくりの物はほとんどありません。つまり、ロボットが生命の代替になるということにみんなが抵抗感を持っているからです。だから、本物そっくりの動物を作って人に慣れてもらうことに意義があるのです。

まず手始めに、犬や猫などのペット用の動物から。アレルギーや老齢の人など、飼いたくても飼えない人のために開発したいと思います。次は動物園にいるキリンやゾウ、もちろんロボットであることを明記した上で、触ったり、乗ったりできるようにします。それから、恐竜やドードーなど絶滅した動物……そうなれば、みんな動物のことをもっと理解して好きになる、なんて考えています」

タカシの明るい雰囲気と畑違いの出身に、その場が和(なご)んだ。ロボット省はエリートの集まりの上、初出勤とあって、みんな緊張していたのだ。

「おもしろい。絶滅した動物を遺伝子操作で蘇らせるという計画があったが、ぼくは反対だ。遺伝子の管理は難しいし、絶滅したということは、その生物が生きることのできる環境ではなくなったということだ。それに比べて、タカシの考えは安全で、しかも夢がある」

　タカシの隣にいた男が発言した。

「失礼、ぼくはクニオ。火山学と地震学を勉強して、地震予報士の資格を持っている。火山の研究をしていると、生物と無生物の違いはごく小さいのではないかと考えてしまう。火山は無生物だが、熱を持ち、活動する。ロボットだって、人間や動物のように活動することができる。今、体内にロボットを装着している人はたくさんいる。体の機能がロボットに90パーセント置き換わっても人間だといえる。どこまでが人間でどこからがロボットか、ぼくたちは考えなくてはならない。そうすることで、生命の代替についての問題は解決につながるかもしれない。

　それと、ぼくは化石ハンターもしているので、仕事が終わったらすぐ帰るから。とにかくよろしくお願いします」

　と最後はていねいに頭を下げた。

　次に発言したのが、その隣にいたハルカだ。

「私はハルカです。子どもの頃からロボットが好きで、ロボット工学を勉強しました。私は、個人の生活をサポートするロボットの開発を先にすればいいと考えています。

家事ロボットが開発されてから、ロボットに対する人の感情が変わったように思えます。家事という仕事は多岐にわたり、しかもそれぞれ家庭によって違いがあります。その上、個人の細かな要望にも沿わないといけません。一緒に生活しながら、個人の心に入り込んだ結果、人はロボットに親近感を持つようになったように思えます。それでも、人間そっくりの家事ロボットは、なかなか普及しません。技術的には可能なので使っている人もいますが、ごく一部の人に限られます。それは、人は人間そっくりのロボットを気味が悪いと感じるからです。さっきタカシが言った、生命の代替に対する抵抗感だと思います。しかし、それはそれでいいと思います。何も人間そっくりにする必要はないのです。ロボットに生命はないのですから。大事なことは、人間がロボットに対して親近感を抱き、ロボットの言動を受け容れるようになることだと思います。そして、ロボットが個人の生活を物質的な面でも、精神的な面でもサポートし、それによって、人が幸福になればよいと考えます。そうやっているうちに、この仕事ならロボットに任せてよいと人々の多くが考えた時にロボットにさせればよいと思っています。よろしくお願いします」

その次がサホコだった。

「サホコです。イタリア文学が専門です。ロボット未来課の仕事はおもしろそうだと思って選びました。私の思ったことに間違いはなく、今までの三人の話を聞いていて、ワクワクしました。そのワクワク感は、本を読んでいて、物語が次にどんな展開になるかって思っている時に似ています。私の言いたいことは二つです。一つは物語の持つ力、もう一つは、人間は全ての労働から解放されるべきだということです。物語の持つ力は人の感情に働きかけるだけじゃなくて、人の知性にも働きかけ、人の考えに影響を及ぼすものなのです。早い話が人造人間も、脳だけで人体を動かす話も、ロボットに恋する話も全て小説に書かれています。想像が科学技術を進歩させてきたと言ってもいいでしょう。

だから、物語の力を使って、人の心に働きかけるのがいいと思います。人々にロボットが働く未来の物語を読ませるのです。別に本でなくても構いません。映画でも、ドラマでも、音楽でも。そこで人々はロボットに親しみを持ち、心から受け容れるようになるのではないでしょうか」

サホコは話すのに夢中になってだんだん早口になった。

「私がこんなことを言うのは、人間は労働から解放されるべきだと考えているからなの。小学校の時の社会科見学を思い出すわ。私たちはロボット工場の見学に行ったの。そこでは次々とロボットが作られていたわ。作るのもロボットなら、説明するのもロボット。だれかが質問したわ。『人間はどこにいるのですか?』案内ロボットは答えたわ。『ここにいる人間はあなたたちだけです。この工場を作る計画を立てて、工場の運営管理をしているのは人間です。月一回視察に来ます。しかし、今この工場で働いている人間はいません』私は感動したわ。人間は労働から解放されたのだと。人間は自由に、人間らしく生きることができるのだと。今でもその考えは変わっていない。人は、趣味や創作活動など、自分の好きなことをして、人間らしく生きればいいのよ。警察官だって、裁判官だって、苦労は多いと思うのよ。特に死刑の判決を下す裁判官の苦悩は、他の職業とは比べ物にならないほど深いはずよ」

ここでサホコは自分が夢中で話していることに気づいた。

「ごめんなさい。話し出すと止まらなくて。こんな私ですが、よろしくお願いします。それから、私はオペラをやっているので、仕事が終わったら、すぐ帰ります」

サホコもていねいに頭を下げた。次がぼく。

「ぼくはワタルです。社会学、特に労働史を勉強しました。

人類の歴史は、分業の歴史であると同時に、自分ができないことを道具にやってもらう歴史でもありました。この道具の中に犬や馬も含まれます。その道具の延長にロボットがあると考えています。だから道具として使いこなせるところまでロボットに任せていいと考えます。もちろん、歴史と共に、使いこなせる道具の種類もレベルも変わってきます。しかし、全ての仕事をロボットに任せるべきだとは思っていません。なぜなら人間にとって働くことは意味があるから、人間が働く余地を残すことも必要だと思うからです。

ぼくは時々考えるのです。人間らしいとは何だろうかと。たとえば、つりや野菜作りを趣味にしている人がいる。実益もかねてという人もいるけど、人は祖先がしていた仕事をなぞっている、何より肉体労働を楽しみ、生産的であることで充実感を味わっているのではないかと。創作やスポーツだけでは、人は充たされないかもしれない。何より仕事をすることで、社会を支えている、一部を担っているという実感を持つのではないかと。少し古い考えかもしれないけど、これがぼくの考えです。よろしくお願いします」

最後に口を開いたのが、金髪碧眼の白人女性。西洋人としてはあまり大きくない、平均的日本人女性の身長で、華奢な感じだ。

「私は、フランス系日本人、シモーヌです。両親は日本美術の研究のために京都に来て、そのまま永住しました。だから私は、京都生まれの京都育ちです。私は京都の大学で哲学を勉強しました」

白人女性が京都のアクセントでゆっくり話すのを聞くのは妙な感じだが、すぐ彼女の話に引き込まれた。

「皆さんが言ったように、いずれロボットは何でもできるようになるでしょう。人間以上に。でも、ロボットにはできないことがあります。哲学と芸術です。なぜなら、ロボットには肉体がないからです」

シモーヌは考えながらゆっくり話した。

「論理的思考はロボットの得意分野です。一方で人間の理性は肉体に閉じこめられています。肉体があるから、頭が痛かったり、仕事や人間関係で悩んだりします。肉体に起因する悩みが無かったら、人間はもっと理性的になり、冷静に考えることができると、人は思うでしょう。しかしそれは違うと思います。人間の知性は生き延びるために発達してきました。危険な動物から逃れ、食糧を得て、寒さを凌ぎ、子孫を残すために知性は使われたはずです。動物的直観こそが、人間の知性の原点であり、肉体を持つ人間が、生きるために思考するのが哲学だと、私は考えるのです」

ぼくはシモーヌの言ったことの意味を考えた。普通の日本語しか使っていないけど、言っていることが難しいのだ。シモーヌは続けた。

「芸術も同じです。音楽、美術、文学、どの分野の技術もロボットにも習得できるでしょう。たとえば音楽であれば、あらゆる曲のパターンを学習して、モーツアルトやベートーベンのような曲を作ったり、個人の好みに合わせた心地よい曲を作ったりできるでしょう。美術でも、北斎やゴッホの絵を真似ることも、できるでしょう。でもそれは芸術と言えるでしょうか。文学でも同様に、それらしい恋愛小説も、論理的に破綻しないミステリーもできるでしょう。でもそれは作品ではあっても芸術ではありません。なぜなら、肉体のないロボットには死の恐怖を感じることも恋愛感情を持つこともできないからです。世界の名だたる文学は恋愛小説です。『源氏物語』も『失われた時を求めて』も。肉体のないロボットには、決して理解できないことでしょう」

ここでシモーヌは考えをまとめるようにしばらくの間、沈黙した。

「しかし、哲学と芸術以外のことはロボットにできるようになります。人間と同じように、あるいは人間以上に何でもできるようになるでしょう。そんなロボットを人間は作るでしょう。必要だからではなく、作りたいから。

では、ロボットに何でも任せてよいのでしょうか。私はそうは考えていません。どんな仕事にもマニュアルがあります。マニュアル通りできればよいという人もいるでしょう。でも、何事にも例外があります。そんな時人は考えます。その根幹となるのが、動物的直観であり、哲学と芸術なのです。哲学や芸術が必要なのは、一部の人間——哲学者や芸術家だけではありません。人間は生きている限り、哲学や芸術を必要とするのです。肉体の維持に食糧を必要とするように、精神の維持に哲学と芸術を必要とするのです。エネルギーさえあればいいロボットとは違います。

だから、ロボットの普及には、制限があるべきだと考えます。ロボットは機械にすぎない、ロボットは道具であるという皆さんの意見に賛成です。使いこなせるかどうかが、ロボットに任せていいレベルだという意見にも。そのラインを引くことが私たちの仕事ではないでしょうか」

しばらく沈黙があって、最初にクニオが拍手して、その後に全員が続いた。シモーヌの話だけでなく全員の話に対して。みんなの顔には、これはおもしろいことになったという雰囲気が感じられた。

こうやってロボット未来課はスタートした。調整局法整備課の人たちが、休憩時間のすごし方や館内の設備について、何くれとなく世話を焼いてくれる。ぼくたちが新人なので親切にしてくれるのかと思っていたが、どうやらそれだけではないらしい。タカシによると、「ロボット未来課」は「ロボット変人課」とよばれているらしい。そう言われればそんな気もする。調整局長は常識にとらわれない、独創的な考え方をする人間を選んだのだ。確かにだれと話してもおもしろいし、刺激を受ける。そんな考えもあるのだと感心するし、自分の考えをまとめるきっかけとなったりする。

六人のうち、クニオ、サホコ、シモーヌは、終業になるとすぐ帰った。それぞれにしたいことがあるのだ。タカシ、ハルカとぼくには特に予定がないので、一緒にランチして、時々遊びに行く。お互いに何となく気が合う。職場で初めてできた友人だ。三人でよくロボットの話をした。しかし、生育歴などは話さなかった。今になるとわかるのだが、ハルカはそんなことに興味はない。タカシは知られなくないのだった。

でも、三人で動物園に遊びに行った時、ぼくたちはわかってしまった。ぼくたち三人が、アミメキリンを柵ごしにながめていたら、後ろから声がした。

「タケカワの坊ちゃんではありませんか。ごりっぱになられて……。昔からタカシ様はキリンが好きでしたね。私がキリンの飼育係の時からキリンの前にずっと立っておられました。大きくなっても立ち姿は変わりませんね。一目で坊ちゃんとわかりましたよ。お家の方はお元気ですか？　どうぞよろしくお伝えください」

「ありがとうございます。園長さん」

タカシは恥ずかしそうにあいさつした。園長はぼくたちにも一礼すると去って行った。

ぼくたちは何も聞かなかったが、タカシは自分の出自について話した。ぼくたちの態度が変わらなかったので、タカシはうれしそうだった。ハルカももちろんタカシの出自には何の興味も持たなかったが、タケカワ電機のロボットには興味を持ち、時々ロボットについて専門的なことをタカシに聞くようになった。タカシは職場では、ロボットのことは専門外だからと知らないふりをしていたが、ハルカの質問には何でも答えることができた。かなり頭のいい奴だ。

三　夏から秋へ

今年の夏、ロボット未来課の六人で海に遊びに行った。タカシの発案でバーベキューをすることになり、材料も道具も車も全部タカシが用意した。職場近くの公園に集合して海に出かけた。

思えば六人そろって遊びに行くのは初めてだ。新年会も忘年会もしないし、昼食も六人一緒にということもない。仲が悪いわけではない。したいようにしているだけだ。でも仲間と感じることができるのは気兼ねなく自分の意見が言えるからだ。六人とも考え方が違うが、お互いの意見を理解することができるし、話し合っているうちに、自分の考えを別の面から見たり、深めたりすることができる。だからこそ仲間だという気がする。タカシにはみんなのそんな気持ちがわかったから、遊びに誘ったのだ。

みんながウキウキして気持ちが開放されているのがわかる。ぼくたちは日頃からあまりに難しいことを考えているのではないだろうか。自分の手に余るようなことを。でも、海を見ていると、そんなことはどうでもいいとまではいかなくても、誰かが考えてくれているのではないかと思う。頭のいい人間はいくらでもいるのだ。

海に着くと、みんなで天幕をはったり、シートをしいたりして、バーベキューの準備をした。タカシの車はベッドもキッチンも付いていてキャンプにも使える優れ物だ。

昼食の前にみんなで浜辺で遊んだ。波打ち際を走ったり、浅瀬の小さな魚を見たり、浜辺に寝そべったり、山を作ってトンネルを掘ったりした。ぼくとハルカはブイの所まで泳いだ。正面から波が来て、波に乗るようにして泳いだ。遠くに貨物船が見えた。ブイの近くで浮いていると、空が青くまぶしかった。夏を全身で感じた。

岸にもどると、タカシは砂に埋もれて、顔にタオルをかけて寝ていた。ぼくたちもその隣に寝そべって海を見た。ずっと夏が続けばいいのにと思った。

バーベキューをしながらみんなでワイワイ話した。一番盛り上がったのは、子どもの時何になりたかったかだった。ぼくは、風呂場や壁、歩道などのタイルをはる職人になりたかった。

「それはロボットに負けるな」

クニオが言った。今ではタイルはりに限らず工事現場ではロボットしか働いていない。タカシは、

「ぼくは動物園の飼育係になりたかった。動物が好き、特にキリンが大好きだった」

「それは人間の方がいい仕事ね」

ハルカが言った。今では生き物相手、人間相手の仕事は人気の職業なのだ。クニオは恐竜の化石ハンター、サホコは小説家になりたかったという。ハルカだけはロボットを作る人になりたかったと言った。

「子どもの時からロボットが好きだったの。ロボットと一緒に暮らすのはおもしろそうだと思ったの。それにロボットが社会を変えていくような気がしたから」

とハルカらしいもっともなことを言った。シモーヌは、

「大人になったら真理を見つけたいとずっと思っていた。自分がその真理を見つけられる能力があるかどうか心配だったけど」

と言った。彼女は本物の哲学者だ。

そんなシモーヌでも海では笑顔を見せている。職場では生真面目な顔しか見たことがなかったから、かわいいなと思って見ていると、ハルカと目が合った。ハルカは

くは好きだ。

「よかったね」というようにぼくの目を見てうなずいた。ハルカのそんなところがぼくは好きだ。

十月、ぼくの誕生日にハルカを招待した。夕焼けを見ながら夕食を食べるのだ。ハルカは大きな絵をかかえてやってきた。絵の中にぼくとハナがいた。向かって右側がぼくで、左側がハナ。寄りそうように立っている二人の上半身が粗いタッチで描かれている。色がやわらかく、やさしい感じがする。印象派の絵みたいだ。

「ありがとう。素敵な絵だ」

「男性とロボットを描いたのは初めてだけど、気に入ってくれてうれしいわ」

「ハルカは絵を描くの?」

「時々ね。女性の人物画が多い。今回はモデルを見ないで、二人の雰囲気を出そうとしたの」

絵をハナに見せると、

「これは、ワタルと私ですね。きれいです。私はこの絵はいいと思います」

と言った。絵は写実的ではなく、本物そっくりではないのに、ハナにはぼくたち二人が認識できた。ハナには絵がわかるのだ。絵は食卓からよく見える壁に立てかけた。

それから、夕焼けを見ながら夕食を食べた。まず、純米酒で乾杯。ぼくとハルカとハナで。もちろんハナは飲めないけど。

「お誕生日おめでとう」

「ありがとう」

型通りのあいさつの後、サンマの塩焼きに大根おろしを添えて食べた。

「このサンマ、脂がのっていておいしいわ」

ハルカが上手にはしを使いながら言った。お皿の上には、きれいなサンマの骨の〝標本〟が残った。その後、秋茄子と白葱の甘酢あえ、白菜のシチューを食べながら、ぼくたちは話した。絵のこと、ハルカの借りた本の感想、読んだ本のこと。でも、なぜか最後はロボットの話になってしまう。

「この前の研修おもしろかったわね」

「愛情機能について?」

「そう、今のロボットに付いている機能は、対人距離コントロールの応用なのね。つまり、人が望む距離だけロボットが近づくように、人が好きだと思う分だけ、ロボットが相手に好意を持っているかのような言動をする。つまり、自分が相手を思っているのと同じだけロボット（相手）が思ってくれるのが、快適という考えに立っているのね」

「それが基本型で、ロボットがより好きなように表現する、あるいは、その逆もある」

「つまり、人間もお互い同じくらい対人距離をとる、同じくらい好きというのが快適だというのが前提なのね」

「人間同士の場合、いつもお互い同じくらい好きというのは難しいけど、お互い距離があれば、嫌な感じにならないし、トラブルも起きない」

「それでも、お互いにすごく好きでも、一人になりたい、放っておいてほしいという時もあるはずよ」

夕日がもうすぐ山にかかる。今日は晴れているから、夕日の形がはっきり見える。そして、だんだん西の空が赤くなって、夕日が山の端に沈んでいくのが見えた。

「ホントに夕焼けがよく見えるわね」

ハルカが言うと、ハナが説明した。

「この部屋は真南から少し西にブレています。だから、真西より南に沈む夕日が見えるのです。つまり、秋分の日から春分の日までは、夕日がよく見えるのです」

三人は黙って夕焼けを見た。日が完全に沈んで、赤い色が濃くなり、空が紺色になって、一番星が出る頃、ハルカは帰って行った。今日は本を借りずに。

十一月、ハルカの誕生日に招待された。ぼくはよく考えてプレゼントを選び、きれいな箱につめてリボンをかけた。

ハルカの部屋の壁はベージュ色に変わっていて、デジタル画像の絵が二枚映っていた。まわりの濃い茶色の囲みが額縁のかわりをしている。一枚は、ぼくがこの前もったぼくとハナの絵。もう一枚はもっと大きくて、男が一人すわっている絵。

「二枚とも、ハルカが描いたの？」

「まさか。もう一枚は、ポール・セザンヌの絵よ」

「あのりんごの絵の？」

「そうよ。まあすわって。今日の夕食は秋の味覚よ。松茸をメインに作ってもらったの」

二人で乾杯した。

「このお酒は純米酒？」

「そうよ。ワタルは純米酒が好きでしょ」

「うん。おいしいけど、洗練されすぎていないところが好き。お米の味がする」

「ワタルみたい」

二人とも黙って秋の味覚を味わった。自然に壁の絵に目が行った。

「私セザンヌが好きなの。人物画も、風景画も、静物画も。りんごの絵なんか最高よ。構図がおもしろいわ。もちろん、色づかいも、筆のタッチも好きだけど」

「少しでもセザンヌに近づきたいと思う？」

「全然思わないわ。全てにおいて、足元にも及ばないから。技術的にはもちろん、その精神性においても。セザンヌは描くのに時間をかけたの。モデルが動いたら『りんごは動かないだろう』と言ったとか。でも、りんごだって描いているうちに腐ったとかいう話が残っているの」

「ハルカはどれくらい時間をかけて、ぼくたちの絵を描いたの？」

「二時間で一気に仕上げたわ。私の場合、時間をかければいい絵が描けるってわけじゃないの。そんなところでも、セザンヌの弟子にさえなれないわね」

「芸術家とは、美の女神ヴィーナスに人生を捧げた人たちだ」

「その通りね。描きたいものを描きたい時だけ描く私なんかとは違う」

「でも、ぼくはハルカの絵が好きだ。やさしい感じがする。セザンヌの絵の男より、ハナは人間味がある」

「これは『老庭師』。少しタッチを真似したの」

「でも、印象が全然違う」

「画家は、対象物に対する気持ちが絵に表れるものよ」

ぼくは、ハルカの言ったことを考えながら絵を見た。

「あのね。ほんの一瞬だけど、今日ハナも招待しようかと思ったの」

ハルカにしてはめずらしく恥ずかしそうに言った。

「わかっているわ。ハナはロボットよ。人工物でできていて、心を持たない。でも、私の絵をほめてくれた。いつも食事を作ってくれる」

「わかった。この絵がやさしい感じがするのは、ハナに対するハルカの気持ちが表れているからだ」

「ハナのこと好きよ。でも別に人間として認識しているわけではないの。ロボットとして好きなの。ただ今夜は二人っきりになりたかったの」

「ほら、ハナに人格を認めているから、二人っきりなんて言葉が出るんだ」

「あのね、反応するのは、そこなの？　二人っきりになりたいという意味を考えて」

ぼくは考えた。そして、プレゼントを思い出した。

「お誕生日おめでとう。ぼくからのプレゼント」

「ありがとう」

ハルカは、ていねいにリボンを取り、箱を開けた。

「こんな大事なもの、もらえない」

「大事だから、あげるんだ」

ハルカの目が潤んだ。

「ありがとう。ロレンス・ダレルの『アレクサンドリア四重奏』、本棚の右、上から二段目の棚にあった。四冊並んでいて、装丁も素敵だった。手に取って読んだこともあるわ。最初のページの、文章が素敵だった。でも並び方から見て、きっと大事な本に違いないと思って、借りるのさえ遠慮していたのに。……ありがとう」

「詩的で、物語性の高い小説だ。ハルカの好みだと思うよ」

　ハルカは一冊ずつ本を並べ、なでまわして、中を見ていた。それから、大事そうに箱にもどして、ぼくの目をまっすぐ見て言った。

「今夜は泊まっていってね。ワタルのパジャマ用意しているから。まず、ＡＩのお風呂体験してみて」

　言われるままに、ぼくは風呂場らしき所に行った。シャワーも風呂おけもイスもない。大きくて浅い湯船があるだけだ。湯船に寝ると、天井が青く、夏の空を想い出した。温かいシャワーが全身をやさしく洗い流してくれる。それから音を立て、波のように全身を洗い流した。まるで海に浮かんで波にゆられているようだ。髪も洗って歯もみがいてくれた。最後に大きな布で体をふいてくれた。耳の中まで。お風呂から出ると、パジャマが用意してあった。青っぽい幾何学模様だ。

　ベッドは壁から切り取ったように、物理的に倒れてきた。こんな所はＡＩ住居でも原始的だと変なところに感心した。まあ、そんなことはどうでもよかったけど。

　次の日の朝、ぼくたちは近くの公園を散歩した。イチョウが黄葉して、秋の日ざしにキラキラ光っていた。ぼくは大きなイチョウの木の下で言った。

「結婚しよう」

「うれしい。ほんとうに。でも、結婚ってどういうことかしら?」

「まず、法律上の手続きをする」

「それから?」

「一緒に住む」

「それから?」

「これはハルカ次第だけど、もし子どもが生まれたら一緒に育てる」

「まず法律的なことだけど、結婚という、いたって個人的なことを国家に認めてもらわなくてもいいと思う。法的に手続きをした方が便利ならしてもいいけど。今では生物上の両親に養育の義務はない。結婚していてもいなくても、子どもは国が責任を持って成人まで育てる。だから、特に子どものことを考えなくてもいい」

国は少子化対策のために子ども園を作ったのだ。ようやく国も、出生率が低いのは、育児には時間とお金がかかるからだと気がついたのだ。

平成時代の少子化の原因は、国の経済政策の失敗だった。若年労働者を低賃金でこき使ったのだ。自分の生活のままならないような賃金、将来の安定した収入が見こめない状況でどうして子どもが育てられよう。

経済的に安定していても、学校を出て、就職して、仕事に慣れて、……と考えていたら、育児はできない。まして女性の多くは働いているのだ。そこで国は、出産と育児を切り放した。「どの子にも平等に教育をする」「教育の無償化」を名目に。しかし、例外を設けた。十分に家庭に教育力があると認めた家庭は自宅で教育できるという。今では、学生のうち、あるいは就職してすぐ結婚して、出産のパターンが多い。婚外子、シングルマザーという言葉は死語になった。

「一緒に住むという話だけど、あなたが私の所に来る？　それとも、私があなたの所へ行く？　何かしっくりこないのよね」

ハルカは考えながら言った。

「私、あなたのこと好きよ。生涯の伴侶にしたいと思うほど。でも、二十四時間、三百六十五日一緒にいたいとは思わない。私は今の自由を手放したくないの」

「また、身も蓋もないことを」

「いいえ、ワタルだってそうよ。人には一人になる時間が必要だし、他人を入れたくない領分があるはずよ。どんなに好きな人にだって」

「確かにぼくは、ハナとの二人ぐらしに満足している。でも、ハルカと一生を共にしたいという気持ちに変わりはない」

「私もそうよ」

二人は、まぶしく光るイチョウの木を黙って見ていた。

「子どものことは正直言ってわからない。私は自分を合理的な人間だと思っている。でも、ハナを一人と数えたり、食事に招待しようとしたりした。子どもは子ども園で育てる方が合理的だと今は思っている。でも、実際に生まれたらどうするかはわからない」

「子どものことは、その時に考えよう。まず、二人のことを考えよう。平安貴族のように妻問い婚というのはどうだろう」

「どういうこと?」

「夫であるぼくが、妻であるハルカの許に通うんだ」

「すばらしい考え」

二人はイチョウの木の下で、妻問い婚の契約を結んだ。

四　めぐりくる春

今年もまた桜の季節がやってきた。ベランダから見える桜が満開だ。仕事が一区切りついたので、今日ぼくはゆっくりできる。

ぼくはロボット未来課を三年で辞めて、ルポライターになった。ロボットに交じって働いた体験を書いてきた。働くことに興味があったし、人がロボットに対してどんな気持ちを抱いているか知りたかったからだ。

そのことを思いついたのは、タカシとマユミの結婚披露宴の時だった。タケカワ系列のホテルでは、ボーイやウエイターなど接客は全てロボットがする。それなのに、どのロボットも人間らしく見える。タケカワ電機だから最高の技術を使っているのだろうけど、それだけではなかった。顔が一人ずつ違うのだ。人目を引く顔立ちや特徴のある顔立ちではないけど、人間らしい顔立ちをしている。

「平均的な顔に少し欠点を加えると、人間らしくなるのよ」

とハルカは言っていた。

ぼくのルックスは、平均的な日本人男性といえる。中肉中背。色は黒からず、白からず。髪は直毛。顔はハンサムでもないし、特に欠点もなく、特徴のない顔をしている。ごく普通の男だ。この中にぼくが交じってもわかるまい。

しかし、どんな仕事でもできるというわけではない。たとえば、工場や工事現場、高度な知識、技能を必要とする仕事はできない。できる仕事といえば、ウエイター、配達員、店の販売員、ハンバーガーショップの店員だった。事情を理解して、おもしろいと言ってくれた経営者の店で働いた。

初めに働いたのが、ファミリーレストラン。ウエイターの経験はなかったので、訓練してからと思ったが、店長は初めから店で仕事をしていいと言った。ロボットだって働いているうちに学習する、人間も同じだと。だから事前にマニュアルをしっかり覚え、姿勢や手の動きも練習した。

初日は緊張した。間違わないように、皿を落とさないようにということに気を取られて、周りの様子や客の反応を見る余裕はなかった。肩がこって、家に帰るとお風呂に入ってすぐ寝た。

　二日目は気持ちにゆとりが出て、客の反応を見ることもできた。だれもロボットには注意を払わない。一度メニューを言いまちがえた時は、客はびっくりしてぼくを見たが、

「最近のロボットは、たまにミスをするようにプログラミングされているんだね」

と、だれかが感心したように言ったので、事なきを得た。

　とにかくロボット用だから細かいマニュアルがたくさんある。マニュアル通りにやっていればいいんだけれど、マニュアルにないことだってしなければならないこともある。小さな女の子が転んだ時は、条件反射のようにそばに行ってだきおこした。

「だいじょうぶ？」

　と聞くと、その子は涙をこらえて、

「だいじょうぶ」

　と答えた。思わず、

「おりこうだね」

　と言ってしまった。マニュアルにはないことなので、周りの人間の様子をうかがっ

たが、だれも変とは思っていないようだった。

「ありがとう、おにいちゃん」

と言われた時は、思わず笑みがこぼれた。

困ったのは、その女の子がぼくになついて、来る度に手をふって話しかけてくることだった。ぼくの好きな食べ物や動物などについて聞いてきた。その度にぼくは本当のことを答えた。女の子の両親はぼくのことをロボットだと思っていて、ぼくが答える度に感心したようにうなずいていた。しかし、そのうちぼくが人間だということがわかってしまうのではないかと思った。だから、店長に話してウエイターを辞めた。

その時店長から言われた。

「君のおかげでロボットが人間らしくなったよ」

人が転びそうになった時に助けたり、雑談をしたりするようになったというのだ。マニュアルにはないのに。

次は、ハンバーガーショップの店員をした。ここなら、完全にマニュアル通りでいいはずだった。マニュアルは完璧に覚えた。ところが、ぼくの前に人がよく並ぶのだ。ハルカに言わせると、

「ワタルは美形ではないけれど、目が下の方についているから幼い感じがして、人に安心感を与える。それにあなたの野性的な雰囲気も魅力的よ」

ということだが、ぼくは努めて無表情にしている。

「人は黙っている時の方がその人の本質がわかるのよ」

とハルカは言う。ハンバーガーショップのロボットは高性能ではないので、アイコンタクトはできないのだ。ここも、性能のいいロボットと思われているうちに辞めた。

次は他と比較されない宅配の仕事をした。一対一なら問題はないはずだった。ところが、担当マンションで毎朝ぼくにあいさつする女性がいた。年はぼくの母親くらいで、このご時世に毎日カートを引いて買い物に行っている。だからぼくの顧客ではないのだが、いつもにこやかにあいさつしてくれる。この前は、

「ごくろうさま。暑いわね」

と言って、いたずらっぽく笑った。その日は本当に暑くて、ぼくは汗をかいていた。宅配ロボットレベルでは、汗をかく機能までは付いていない。ぼくがロボットではないことに気づかれたのだ。

しかし、よく考えたら、悪いことをしているわけではない。人間として働けばいいい

のだ。それ以来、ぼくは気が楽になって、ごく自然にふるまえるようになった。そして、人からどう思われるかではなく、ぼく自身が働いていることの意味を考えるようになった。

働くこと、特に今ぼくがしているような肉体労働は、体を動かしているという実感を持つことができる。しかも、目の前に荷物があって、それを必要としている人がいるのだ。だから、社会の一端を担っていることがよくわかる。さらに社会の様子もわかるのだ。たとえば夏には、冷凍食品や夏物衣料、夏のレジャー用品があって、季節の変化や流行が感じられる。だから、ぼくは事務的な仕事より、肉体労働の方が好きだ。

そんな経験や思ったことを書いて、ぼくは『働く人間』という本にまとめた。本は思ったより反響があった。

まず、肉体労働はロボットがするものだと思い込んでいた人達に驚きを与えた。人は肉体労働から解放されたのだ。肉体労働に何の意味があるのだ、と思った人は多かった。まして、肉体労働が好きだなんて信じられないという感想もあった。でもぼくは思うのだ。人はつりや家庭菜園で野菜作りをする。日曜大工もする。走ったり、スポーツをしたりする。肉体を動かしたいのだ。人間も動物だから。

それから、人間がロボットに交じって働くというのも意外性があったようだ。人はロボットの監視か指示をするものなのに、一緒に働くなんて、という感想もあったが、概ね好意的に受け取られた。働くロボットを見ると、人間かどうか調べる癖がついたとか、ロボットに交じって働いてみたとかいった感想もあった。


ぼくたちが結婚して次の年にナオが生まれた。ハルカはナオを産むと仕事を辞め、ナオの育児に専念した。ロボットより子どもの方がおもしろいのだそうだ。一人での育児は大変なので、育児ロボットを買って一緒に育てていた。ところが、ぼくの所に年中ナオを連れて来るうち、ナオはハナになついて今はこの家に一緒に住むようになった。ナオは「四人家族」と言っている。

ハルカのＡＩ住居は、アトリエになっている。ハルカは画家になって、毎日絵を描いている。題材はハナとナオ。どの絵も、やさしい色合いと少し粗いタッチで描かれている。そして、何より優しい感じがする。ぼくが一番好きなのは、初めてナオが「ハナ」と言った時の絵だ。座ったナオがハナの方に手を伸ばしていて、ハナがしゃがんでナオを見ている。二人は心が通い合っているようだ。そんな絵を見てもらおうと、今ハルカは個展の準備をしている。

ハルカが仕事を辞めた後、ロボット未来課はみんな次々と退職した。ハルカの次はタカシだった。彼はタケカワ電機で本物そっくりの動物ロボットを開発した。特に柴犬は世界的なヒット商品となった。タケカワ電機に貢献したと思ったタカシは、タケカワ電機を辞め、マユミと一緒に九州の島を買って動物園を作った。

そこは、かつて隠れキリシタンのいた島だった。だから、教会や古い家屋、石垣やだんだん畑などが残っていた。タカシたちはその地形を生かして、自然に近い生態で動物を飼っている。もちろん本当の動物で、ロボットはいない。働くロボットも。

ぼくたちもナオを連れてその動物園に行ったことがあったが、動物園というより、動物が住んでいる島という感じだった。この動物園の中には、ヒトも含まれているのではないかと思えるほど、自然であった。そう、タカシたちは田畑で作物を作り、学校も店も建てて人々が生活できるようにしたのだ。

次にサホコとクニオが辞めた。サホコはイタリアでオペラを勉強するために、クニオはヨーロッパで地震予報士をしながら化石を見つけるために。二人はヨーロッパに発つ前に結婚した。

最後に辞めたのが、シモーヌとぼく。シモーヌだけが、ロボット未来課の仕事を引き継ぎ、一人で人類のために考えている。それができるのは、彼女だけかもしれない。本当は、みんなが考えなくてはいけないことだけど。


ベランダから外を見ているうちに、花見をしたくなった。

「ハナ、公園の桜が満開だ。一緒に見に行こう」

「いいですね。行きましょう」

二人連れ立って公園に行った。天気がいいので、人がたくさんいた。中には人間そっくりのロボットもいるだろうが、だれも気にしない。人もロボットも変わりはないのだ。

「この公園の桜が、ぼくは一番好きだ」

「きれいです。でも、私がここに来て桜を見るのは初めてです」

「そうだね。あんなに毎年ベランダから見ていたのに」

「そうです。毎年見ていました。ハルカさんが初めて家に来た時も、桜が満開でした」

「あれから八年たった。ぼくたちは結婚してナオが生まれた」

「きのうのナオさんの入学式、かわいかったですね」

入学式には、ハナも出席したのだ。ナオのたっての希望で。

「八年前ハルカが家に来た時、こんな未来が来るなんて思わなかった」

「ハルカさんのおかげですよ」

「そうだ」

「だからお勧めしたでしょ。『いい人ですね』と」

「えっ、そういう意味だったの?」

「そうですよ。結婚相手として、お勧めしたのですよ」

「どうしてハナにそんなことができるの? 恋人選択機能も付いていないのに」

「あなたのお母さんから頼まれました。ワタルは人を見る目はあるけど、ぼんやりしているから、結婚相手をのがしてしまうかもしれない。だから、そんな人が現れたら、ハナが勧めてと。ワタルが家に三回以上連れて来た人で、ハナの目を見て話してお礼を言う人よと」

「だから、『ハルカさんいい人ですね』と言ったんだね」

「お母さんは、それで十分よって言いました。そう言えば、その言葉はワタルの心に残るからと。もし、うまくいかない時、たとえば不機嫌で帰って来て男性の名前を口にした時は、ワタルの誕生会をその女性と二人でするように言ってちょうだい、とも言っていました」

ハナの不可解な言動が全て氷解した。母の仕業だったのだ。

「ありがとう、ハナ。これからもよろしく頼むよ。ぼくだけじゃなく、ハルカのことも、ナオのことも」

「もちろんです。三人ともご主人の大事な家族ですから」

「えっ、三人？」

「ワタルとナオとハルカさんです」

「ぼくは主人じゃないの？」

「ご主人はあなたのお母さんです」

「どうして？」

「私の所有権がお母さんからワタルに移っても、ワタルは私の設定を変更しませんでした。だから、私のご主人は、今もワタルのお母さんのままなのです。でもご安心ください。私はワタルをずっとお世話しますよ。ワタルが死ぬまで」

了

えんまの書記官

一　命令

この頃、えんま様は元気がない。いつもエネルギーにあふれ、肩をいからせて堂々としていたのに、最近何だかしょんぼりしているように見える。昨日などは、ため息をついておられた。お仕えしてから初めてのことである。

そして、とうとう今日は、私の入っている釜に入って来た。釜はいつでも沸いていて、いつ、どの釜に入っても構わない。えんま様と一緒になることだって、ないとはいえない。しかし、私の入っている釜は、ぬる目の硫黄入り草津温泉そっくりの湯である。いつもえんま様は私に、

「よくそんな軟弱な湯に入って満足できるな。湯は熱くてこそ入った甲斐があるのだ」

と言って、一番熱い湯に入る。えんま様自ら釜ゆでの刑を試していると思えるほど

である。そして、真っ赤な顔をして、

「ああ、いい湯だった」

と満足気におっしゃる。それなのに今日は、ぬるい湯につかって、ため息まじりにこうおっしゃった。

「ああ、つまらん毎日だ。近頃ここに来る奴は腑甲斐ない奴ばかりだ。箸にも棒にもかからん。今日の合格者はコソ泥に結婚詐欺師……ああ、りっぱな悪人にお目にかかりたいものだ。昔は良かった。戦争になるなると言いながら各国に核迎撃ミサイルを売り込んだ、どこかの国の大統領。嘘の上に嘘を重ねたどこかの国の総理大臣。しっかりていねいに説明するというのも嘘で、揚句の果てに国中の公人が平気で嘘をつくようになった。あの頃は毎日どんな悪人が来るかと楽しみだった。それにしても奴のタンステーキはうまかった」

「今日合格した結婚サギ師は二十四人も女をだましていたんですよ。きっとおいしかったでしょうね」

「ふん、あんなもん。いいか、嘘のレベル、スケールの大きさ、人に与える影響、相手の数、全てにおいて、月とスッポンだ」

「えんま様は、おいしいタンステーキが食べたいのですか?」

「おまえは何もわかっておらん。これは食べ物の話ではない。地獄存亡の危機なのだ」

「どういうことですか?」

「いいか、この地獄を支えているのは、悪のエネルギーだ。合格者、つまり悪人の数が多ければよいというものでもない。質も大事なのだ。ニエグシュ、おまえも知っているように、悪のレベルは五段階ある」

「はい、毎日おそばで記録しています」

「そのうち、レベル一、二の奴は地獄でも役に立たず、悪のエネルギーも放出しないので、責め苦を味わわせて、エネルギーを出させる」

「罰ではないのですか?」

「ここでは、悪い奴ほど偉いのだ。だから、レベル四、五の奴らは、いるだけで悪のエネルギーを出すので、何もせずに自由に暮らせる。それに奴らは自由にしていても、悪いことしかせん。だから、地獄のためにもなる」

「それで、合格、レベル四、合格、レベル五と言うえんま様の声が高らかなのですね」

「そうなのだ。それなのに最近レベル五と言うことがほとんどない」

「大変ですね」

「おまえは大変ですねと言いながら、他人事(ひとごと)みたいだな」

「なんだか実感が湧かなくって……今でも自分がここにいるのが夢みたいで……」

「おまえはレベル三だから書記官に任用した。レベル三というのが地獄の仕事がよくできるのだ。特におまえは書記官として有能だ。生前調査は正確で、わしの言ったことを簡潔に過不足なく記録する。歴代の書記官の中でもトップクラスだ。しかし、今気づいたのだが、おまえには悪のエネルギーが感じられん。おまえは何でここにおるのだ」

「それはえんま様が合格にしてくださったからです。私は生まれてから大学入試まで一度も不合格になったことがないので、当然合格だと思っていました」

「おまえと話していると調子が狂う。悪のエネルギーまで吸いとられそうだ」

とおっしゃって、えんま様は釜から出られ、いずこへか行ってしまわれた。何か失礼なことを言ってしまったかしらん。

次の日、えんま様から呼び出しがかかった。

「ニエグシュ、書記官の任務を解いて、おまえに特別任務を与える。人間界に行って、悪のエネルギー減少の原因を調べてこい。調べるだけだ。人間界に介入して人間界を改変してはならぬ。たとえば人に危害を与えたり……」

と言いかけて、私の顔をつくづくとご覧になって、

「人を助けたり、親切にしたりしてはならぬ。……なんで地獄にいる奴にこんなことを注意せねばならんのか。情けない」

「どうやって調べるのですか?」

「おまえは頭がいいのだから、自分で考えよ。変身は自由自在。人間はおまえの姿が見え、声も聞こえるが、すぐおまえのことは忘れる。だから、どんなことを聞いても大丈夫だ。とにかく、必ず原因をつかんで来い。それまでは地獄に戻ることは、まかりならぬ」

二　調査

というわけで、人間界に戻ることになった。えんま様は、変身は自由自在とおっしゃったが、あれから随分時間がたっている。元の姿のままでもだれもわかるまい。別人に成りすますというのも面倒だ。そう考えながら、地獄の門を出る前に「真実の鏡」に自分の姿を映してみた。そこには美しい青年が立っていた。ぼくは生前、こんな顔をしていたのか。目立つのも困る。平凡で地味な顔にしよう。

戻って来たのは、一度だけ行ったことのある競馬場の近く。ぼくはここで交通事故に遭って死んだのだ。記憶を頼りに競馬場に行った。その競馬場は、中山乗馬学校になっていた。りっぱな看板の脇には、「あなたも二週間で免許が取れる」とか「これで、日本の道路を全て通れます」というキャッチコピーがあった。興味をそそられて、中に入った。パンフレットを見ると、免許を取るコースは二つあり、短期集中合宿コースと、都合がよい時に通うコースだ。ぼくは短期集中合宿コースを選んだ。書類に必要事項を記入して代金を払う。名前は山田太郎とした（自分の名前は忘れてしまった）。お金は財布の中に入っていた。

部屋まで案内された。乗馬学校には、競馬場の造りを生かして、いろいろな設備があった。レストラン、大浴場、図書館、ショッピングモール、映画館……。どれも自由に利用できる。今は秋なので乗馬学校で学ぶ人は少ないが、店や映画館には大勢の人がいた。部屋は六畳ほどの個室で、ベッドと机、荷物を入れるロッカーがある。椅子にすわって、机にほおづえをついた。学生時代に勉強していた時のことを思い出して、人間らしい気持ちになった。

その後、校内を見てまわると、一階の厩舎には、たくさんの馬がいた。きれいな目でぼくを見ている。警戒されるかと思ったけど、そんなことは全然なくて、なかには顔をすり寄せてくる馬もいた。地獄のにおいってしないのかしら。その日は大きな湯船にゆったりつかって、ベッドで寝た。やっぱり人間の暮らしはいい。

次の日から、びっしり日課がつまっていた。朝食の後、馬の世話。午前中に学科が二コマ。午後は、実技の後、馬の手入れと世話。学科は、馬の体の造り、歴史、病気と健康管理、乗馬理論、道路交通法規など。実技は、常歩(なみあし)、速歩(はやあし)、駆歩(かけあし)、障碍飛越の練習もある。

食事と風呂以外は馬づくしだ。ぼくは動物の中でも馬が一番好きなので、毎日が楽しい。でも、自分の使命を忘れたわけではない。学科の勉強だけでなく、時間をみて図書館に通い、日本の現代史も学んだ。

ぼくが死んでから二十五年がたっていた。それから五年後、つまり今から二十年前に、突然日本全土で情報機器が使えなくなった。コンピュータ、インターネット、スマートフォンはもちろん、電車、自動車から家電に至るまで、全ての機械が使えなくなったのだ。そのため、電気も、水道もガスも使えなくなって、日本中は大混乱になった。たくさんの事件事故があり、多くの死傷者が出た。

原因は現在に至るまで、わかっていない。初めは海外からのサイバー攻撃が疑われたが、その痕跡は見つからなかった。海外から持ち込んだ情報機器も全然使えなかったので、日本列島の上空に、電波妨害物質が現れたのだという説も出たが、いまだに謎は解明されていない。わかったことはただ一つ、日本では情報機器が使えなくなったということだ。いつまでかは、わからないけど。

日本政府の出した対策は三つ。機械は情報機器に頼らず手動で動かし、できるだけ原始的な物に変えること。上水は、飲料水と農業用水を優先すること、馬は全て、移動手段として使うこと。

このままでは、かつての繁栄はおろか、国民の食料さえ賄えないので、政府はさらに、積極的に移民政策をとった。それに対し各国は多くの日本人を「情報難民」として受け入れた。世界中の人たちは日本に対して同情的であったし、海外に出国する人の多くは、優秀な人が多かったからだ。特にＩＴ企業に勤めていた人や数学者は引っぱりだこだった。特別な能力がなくても勤勉な労働者として多くの日本人は難民として各国に散らばっていった。

だから、多くの若者、向上人のある人、新天地で何かを始めようとする人、今の自分の状況から逃げ出したい人たちは海外へ行った。残ったのは、日本語がないと生活できない人、農業、林業、漁業、畜産業の従事者、情報機器が無くても生活できる人、そして、どの国も受け入れてくれない前科のある人たちだった。そのため、日本の人口は約三千万人まで激減した。それでも一時は食料難のため、海外から援助を受けた。

その後わずか二十年の間に日本で、安定した生活ができるようになった。上下水道は完備され、ガスも使えるようになった。電力の供給が一番の課題であったが、地熱発電の開発によって電気も使えるようになった（原子力発電所のウランやプルトニウム、廃棄物はテロリストに強奪される恐れがあるので、国際連合に引き取ってもらった）。そこで、電車は復活したが、自動車は全て情報機器が付いているので使えない。だから、近場への移動は馬と自転車なのだ。

食料不足は解決した。なぜなら、残った多くの人たちが農業や漁業に従事したからだ。住居は、海外へ行った人たちの家がたくさん残っていたし、衣服も同様だった。衣食住が足りていればいいという人は残り、不満のある人は海外へ行った。

とにかく、国として日本は安定した国家になった。各国の支援を受け、国際連合の力を借り国家予算が足りない時は、空母や戦闘機を各国に売った。情報機器の使えない土地など一銭の値打ちもないので、外国に侵略される恐れはないからだ。

これが、図書館で調べてわかったことだ。ここが乗馬学校になって、馬が国有財産として大切に使われている訳がよくわかった。一つわからないのが、今の日本の主要産業が観光だということだ。情報機器が使えない上、不便極まりない所に何を好き好んで来るのだ。自国民の大多数が出て行った国なのに。それは、この乗馬学校にいる限りはわからない。別の所に行って調べないといけない。

今日、乗馬学校の実技と学科の試験があった。どちらも優秀な成績で合格したので、馬車の御者の免許を取るコースを勧められた。おもしろそうだったが、ぼくには使命があるので、お断りした。

乗馬免許を取ると、馬を借りることができる。ぼくは栗毛のかわいい馬を借りて、わが母校T大を目指した。最高学府の大学に行ったら、現在の日本の社会状況や現代史がわかると考えたからだ。

手綱を握り、地図を頼りにT大を目指した。広いわかりやすい道なので、迷う心配はない。常歩でゆっくり進んだ。片道三車線で、一番左側は馬車と常歩、二列目が自転車、一番右側が速歩用になっている。馬は乗馬用としてよく調教されているので、安心して周りの様子を見ることができた。

人口が大幅に減ったというのに、人は多くて活気がある。地図を見て歩いているのは観光客だろう。一目で外国人とわかる西洋人や民族服を着た人たちもいる。そういえば、乗馬学校にいた人たちの中にも、外国人と覚しき人がいたが、観光のために乗馬を習っていたのだ。馬に乗れると便利なのだ。他にも買った物をかかえて馬車に乗りこむ女性や、スーツ姿で軽速歩で駆けていく男性もいた。十九世紀のヨーロッパの町に二十世紀の日本人が生活している感じだ。歴史の中にいるみたいでおもしろい。時間がゆっくり流れている。

そうこうしているうちに、T大の赤門に着いた。なつかしい。二十五年前とあまり変わっていない。違うのは、門の近くに貸与馬駅があることだ。そこで乗馬免許を提示して馬を返した。それからイチョウ並木を歩いて学食に向かった。昔とあまり変わらない。違うのは、だれも情報機器を持っていないことだ。本当に使えなくなったのだ。二十五年前よりのんびりした感じで、芝生にお弁当を広げて食べている女子学生のグループもいるし、歩きながら本を読んでいる男子学生もいる。

学食は二十五年分古びていたが、雰囲気はそのままで、メニューは定食が多くなっている。ぼくはサバのみそ煮定食を選んだ。白飯、サバのみそ煮、野菜の煮物、どれもおいしい。ぼくは秋の味覚を味わいながら、周りの様子を観察した。日本語しか聞こえない。外国からの留学生がいないのだ。

前には女子学生が二人座っている。二人共サンマの塩焼定食を食べている。

「彼、アメリカに留学するって言ってる。たぶん日本には帰ってこない」

「自然科学を研究する人の宿命ね。より高みを目指そうとすれば、海外に行くしかない」

「頭脳流出ね。彼は優秀だから、科学者として成功すると思う」

「あなたはどうするの？　ついていかないの？」

「行かないわ。留学する気もないし、アメリカに住む気もないわ」

「どうして？」

「私は研究者になる気はないの。勉強して、その知識を生かした仕事をしたいだけ。頭の回転が速くないから、アメリカでの生活はストレスになるわ。あなたこそ留学する気はないの？　研究者として期待されているそうだけど」

「留学する気はないわ。私の専門は科学史なのよ。紀元前から現代に至るまでの科学とそれを支えた思想を研究している。もちろん、現代の科学も、将来の予想も研究の対象よ。でも、一刻を争うものではない。日本にいれば、日を置かずに科学の論文は読めるわ。それに私は、論文は英語で書くけど、思考するのは日本語を使うの。日本語の方が思考が深まる。私には日本語が必要なの」

右どなりにすわっているのは、初々しいカップル、たぶん一年生だ。二人ともチキン南蛮定食を食べている。

「ぼくの弟はもうすぐアメリカに行く。アメリカの球団……何という球団か忘れたけど……からスカウトされて、プロ野球選手になるために」

「そう。日本では、プロスポーツ選手として生活していけないから、仕方ないわね」

「弟は小さい頃から野球が好きだった。ぼくよりずっと。ぼくも好きだったけど、それほどじゃない。何より弟のように優れた身体能力、努力し続ける能力、だれにも負けたくないという気迫がなければ、スポーツ選手としてはやっていけない。衣食住が足りていればいいと思っているぼくなんかとは違う」

「私もそう思っているけど、衣食住が足りていればいいってものじゃない気がする」

「地位とか、名誉とか？」

「まさか。そんなんじゃなくて、もっと内面的なもの。今の私にとっては文学。文学こそ私にとって不可欠なものよ」

左どなりは、男子学生が二人。一人はトンカツ定食、もう一人は鶏のからあげ定食を食べている。

「研究室、どこにするか決めた？」

「ケイシ研究室にしようと思っている」

「宗教学の？」

「いや哲学だ。ケイシ博士は一般教養で宗教を教えているけど、哲学者なんだ。哲学者としては、変わり種だけど」

「そうか、たしかにケイシ博士の話はおもしろい。宗教も思想の一つである。風習や儀式と結びついて神秘性を演出しているが、人の考えを表現している以上思想といえる。思想である以上、お互いに理解することは可能である。時には論理によって、時には、共感によって——という、最初の講義は感動した」

「そう、スケールの大きな考え方にぼくも心を動かされた。宗教がお互いに理解できれば、その他の思想も理解できると思う。ぼくは、論理によって世界を理解したい」

「壮大な目標だな。ぼくはチマチマと現代日本のサブカルチャーを研究テーマに選ぶよ」

「いや、世界に冠たる、日本のサブカルチャーだ。大きな研究テーマだと思うよ。世界中の子どもが知っているキャラクターはたくさんあるし、アニメーションの作者もゲームの原作者も日本人が多い。日本では、ゲームはできないのに。でも、あまりに多岐にわたるので、テーマをしぼらないと研究は難しいね」

「論理によって世界を理解することに比べれば、ずっと簡単だ」

ぼくは、ごはん一粒も残さずにサバのみそ煮定食を食べて学食を出た。空が高く青い。思わず深呼吸をした。芝生をしばらく歩いて、日当たりのいい所で寝ころんで、空を見た。生きているって、何といいことなのだろう。

寒く感じて目を覚ました。校舎の影が伸びて、ぼくが寝ていたところは日陰になっていた。今夜泊まる所を探さなきゃいけない。ぼくは生前入っていた男子寮に行くことにした。ボロボロだった男子寮は建て変わっていた。マンションみたいだ。

玄関を入ると左側が管理人室になっていて、用件を聞かれた。そこでぼくは、一年間病気で休学したけど、明日から復学すると伝えて入寮した。靴を脱いで上がると、板ばりの廊下が続いている。一階は、大浴場、食堂、応接間、寮生が集まることのできる広間があった。二階から十一階までが部屋になっている。ぼくの部屋は二階の16号室。ノックをすると、どうぞという声が中からして、ドアが開いた。

「今日からお世話になる、山田太郎です。一年間休学していましたが、明日から復学します。よろしくお願いします」

とあいさつすると、

「こちらこそよろしく。ぼくは二年生のサトシです。まあ入って荷物をおいて」

と入れてくれた。どこかで見た顔だと思ったら、トンカツ定食を食べながら、ケイシ研究室に入ると言っていた男子学生だ。

「一年生の途中から復学するの？」

と聞かれたから、

「そうなんです。一年前の今頃から休学したから。でも様子が違っているから、とまどっているんです」

と答えた。するとサトシは元気づけるように、

「大丈夫だよ。心配なことがあったら手伝うよ。何でも相談して」

と言ってくれた。ぼくのこと心配してくれたみたいだった。サトシならわからないことを教えてくれるだろう。その日は夕食時食堂で他の寮生に紹介されて、お風呂に入って寝た。

次の日は、サトシについて行って、一般教養の宗教学の講義を受けた。大きな階段

教室だった。ケイシ博士はどこかで見た顔だと思ったが、よく思い出せなかった。講義が始まった。

「今日は、哲学が、宗教にとって、また人にとってどんなに大事なものかについて話します」

と言って、ケイシ博士はホワイトボードに図をかいた。

「人はみんなそれぞれに自分の思想を持っています。特別な思想でなくても、自分の考えや思いを持っています。それが思想です。その中に宗教が含まれますが、今日はまとめて思想として、お話しします。

個人の思想が必ずしも、論理的だとは限りません。金で買えない物はない、と言った人がいますが、本当でしょうか。この思想が論理的に正しいかどうか考えることが哲学です。別に本に書いたり、論議したりしなくても哲学といえます。人はある思想が論

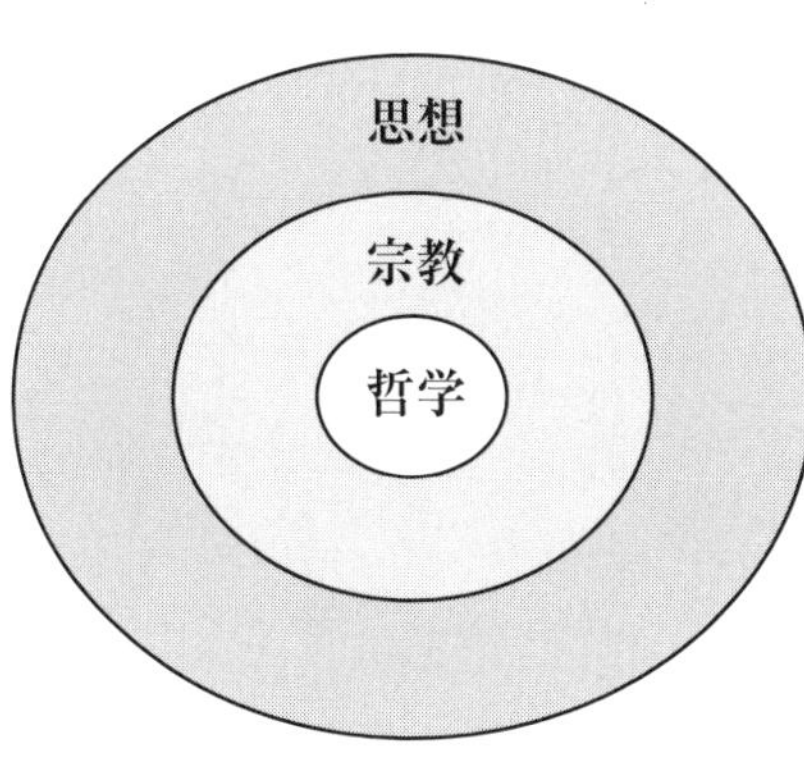

理的に正しいかどうか、筋が通っているか、常に考えていなければなりません。そうでないと、生活上の正しい判断ができないからです。詐欺（さぎ）に遭ったり、犯罪にまきこまれたりします。宗教にはまって、日常生活に支障をきたしたりもします。

たとえば、かつて日本では、経済は成長しなければならない、そのために競争に打ち勝たなければならないという思想が一般的で、国会では、いかにして国民に消費させるかというのが主要な論議でした。なぜ経済が成長しなければならないのか、の論議はなく、常に企業家は競争し、労働者は使い捨てにされました。新技術、新製品の開発を、多く売るための努力を……究極の資本主義の状況でした。金が金を生む錬金術のような。ここでいう資本主義とは政治体制のことではありません。経済のシステムのことです。ですから当時は、共産主義社会といわれた国も、同様に資本主義のシステムの中で経済活動を行っていたのでした。違うのは、国家が経済にどの程度介入していたかという問題でした。しかし、共産主義でない国でも、企業の株を国家が買っていましたから、どの国も国家の介入が大きくなっていたといえるでしょう。

話がそれましたが、幸か不幸か、日本は究極の資本主義のくびきから逃れることができたのです、電子機器が使えなくなることによって。日本ではもはや究極の資本主義のシステムは機能しなくなりました。いわば、原始的な資本主義にもどったのです。ここで問題です。海外へ行った人と日本に残った人の違いは何でしょう」

ここでケイシ博士は、話をやめて、ぼくたちの方を見た。何人かの学生が手を挙げた。

「向上心があるかどうか」

「頭の回転の違い」

「努力が好きかどうか」

「お金もうけに興味があるかどうか」

「情報機器が使えるか」

「外国語ができるか」

「和食が好きか」

ここで笑いが起こった。ケイシ博士は言った。

「では、日本に残った人は、私も君たちも含めて、向上心がなく、頭の回転が遅く、努力が嫌いで、お金もうけに興味がなく、情報機器も使えない、外国語ができなくて、和食の好きな人たち、といえるだろうか」

もう一度笑いが起こったが、すぐ学生たちは真剣な顔になって、考え始めた。ケイシ博士は続けた。

「今のように考えることが哲学なのです。みんなが漠然と思っていることが、論理的に正しいかどうかを考えることが大切です。すぐ答えを出さなくてもいいのです。今、みなさんが言ったことも間違いではないでしょう。でも、物事の一面だけを見て決めつけると、大局を見失うことになります。論理なき思想は教条主義に陥ります。どんな思想も論理的に正しいかどうか考えること、それが哲学で、だれにとっても必要なものです。質問ですか？　どうぞ」

女子学生が立ち上がって発言した。

「先ほどの先生の問題、海外に行った人と日本に残った人の違いですが、ケイシ先生はどうお考えですか」

「私は、あなたたちの意見はそれぞれに正しいと思います。ただ、それは一面であって、そうでない人もいるかもしれないと思います。あなたたちの意見につけ加えると、経済は成長しなくてもいい、あるいは衣食住が足りていればいいと思った人だと思います」

講義は終わった。ぼんやりしているとサトシが言った。

「お昼食べたらケイシ研究室に行くけど、一緒に来ない？」

サトシについてケイシ研究室に行った。ケイシ博士は食後のお茶を飲んでいたが、快くぼくたちを招き入れ、お茶を振る舞ってくれた。

「私は和食もお茶も好きなんです」

と言いながら、ケイシ博士はゆっくりお茶を飲んだ。確かにおいしいお茶だった。

一口お茶を飲んでサトシが言った。

「ぼくは二年生のサトシです。三年生になったらケイシ博士の研究室に入って哲学を勉強したいと思っています」

　ケイシ博士は尋ねた。

「なぜこの研究室を選んだのですか？」

「ぼくは、論理によって世界を理解したいのです」

「それこそが哲学です。大昔からたくさんの哲学者が論理によって世界を理解しようとしてきました。しかし、世界を理解するというのは、あまりに漠然とした、雲をつかむような話です。テーマや命題というものは何か考えていますか？」

「今はまだ考えていません」

「思いつくことでいいのです。たとえば？」

「人は衣食住が足りていれば、幸福だと思うか？　もし、それで十分でないとしたら何が必要か」

「おもしろい命題だ。では考える手立ては？　たとえば？」

「比較文化、現代日本と三十年前の日本、あるいは、なぜ外国人は日本に観光旅行に来るか？」

「おもしろい所に目をつけますね。哲学にも、発想や直観も必要です。あなたの発想と直観は必ずや哲学の役に立ちます。いつでもこの研究室に来てください。今からあなたは研究室の一員です。ただ、三年生になるまでに、テーマや研究方法を決めておいてください」

「ありがとうございます。しっかり考えておきます」

サトシはこう答えた後に、ケイシ博士に尋ねた。

「先生は、どうして哲学の対象を宗教から始めたのですか」

「偶然です。元々私は法学部の学生でした。たまたま二年生の一般教養で宗教学を選びました。そして、宗教学のレポートの作成のために、偶然出会ったハース真理教ハース・タターヤの話を聞いて、感銘を受けたのです。宗教としてではなく、一つの思想として。

実はハース真理教はちゃんとした宗教ではなくハース・タターヤは教祖ではありませんでした。普通の人が普通の言葉で語っていたのでした。それで私は理解したのです。思想はりっぱな学者や哲学者だけのものではなく、普通の人にとっても必要で、それぞれの人が一人ひとり違う思想を持っているのだと。私はあまり考えずにT大に入って勉強してきましたが、人は生きるために考えるべきだと思って、哲学科に変更したのです」

「ハース・タターヤの思想とは、どんな思想ですか？」

「詳しく話してあげたいけど、今日は時間がありません。八百万（やおよろず）の会の打ち合わせが今からあるのです。だから、私が学生の時に書いたレポートが載っている同人誌をあげます」

と言って、教授はサトシに白い小冊子を渡した。

「ありがとうございます。八百万の会というのは、宗教の学会ですか？」

「宗教者の集まりですが、学会ではありません。ただ集まってお互いを認め合うことに意義があるのです。私は宗教学者ではありませんが、集まりに参加して人の話を聞くことに意義を感じています」

「何となくわかる気がします。一人ひとり違う思想を持っているけど、お互いに認め合うというような……」

「そう、その通りです。全く違う宗教の持ち主が一堂に会する、この姿を世界の人々に見てほしいと思っています」

教授の言葉に感銘を受けて、ぼくたち二人は、研究室を後にした。

サトシが図書館に行くというので、ぼくもついて行った。思えばT大の図書館に行くのは初めてだ。生前学校の勉強以外の本を読む必要性をぼくは感じていなかった。しかし今は目的がある。使命を果たすために参考となる本を探すのだ。広い図書館をサトシについて本を探した。日本の現代史や社会学、観光産業の分野から、何冊か本を選んだ。

『日本における観光経済の重要性』

『日本はテーマパークだ』

『日本を旅して』

『私はなぜ日本に移住したか』

　本をかかえて寮に帰ると、自分が本当の大学生らしく感じられて、うれしくなった。初めて勉強しているような気持ちになった。

　本物の大学生のサトシに聞いてみた。なぜ観光客が日本にたくさん来るのか。サトシはていねいに答えてくれた。本当に親切な男だ。

「不便を体験しに来ているのではないだろうか？」

「わざわざ？」

「そう、わざわざ」

「どうして？」

「たとえば、現代の文明国では、電子機器による、キャッシュレスでの買い物が普通だ。しかし、観光客は現金での買い物を楽しんでいる。為替レートの計算をしながら」

「よくわからない現象です」

「では、歴史を体験しに来ていると言えば、わかる？」

「あっ、わかります。百年前、二百年前の世界にいるんだと思いました——観光客はたぶん……」

「観光客からは、そう見えるはずだね。現代の文明国では、お金を使うという実感が持てない。お金を払ったかどうかさえわからない。でも、日本に来れば、それが体験できる。お金だけではない。文明国では消えてしまった、交通手段や新聞、雑誌、葉書などの紙の文化がここにはある。

だから、一分一秒たりとも電子機器が手放せず、プライベートでさえ心の休まらない文明人にとっては魅力だ。ここでは情報機器が使えないから」

「何だかよくわかりません。人類は進歩し続け、経済は成長しなければならないと思っていた文明人が、なぜそんな風に感じるのか」

「ぼくにもよくわからない。でも、ひょっとしたら人類は進歩するのに疲れたのかもしれない、そんな気さえするのだ」

そんなことがあるのかしらと思ってぼくはサトシの横顔を見たが、サトシはそれ以上何も言わなかった。

使命を果たすために、図書館から借りた本を読んだ。

一冊目は『日本における観光経済の重要性』これは、経済学の本だ。現代の日本で衣食住が足りているのは、物を輸入しているからだ。その輸入額は、観光産業によってもたらされているのと、ほぼ等しい。日本の基幹産業は観光業である。ちなみに外貨獲得の第二位は、サブカルチャーである。マンガやミステリーは、映画の原作になり、ゲームのキャラクターは世界中に知られている。というようなことが、たくさんの数字やグラフによって詳しく説明されていた。

二冊目は、『日本はテーマパークだ』。これは、観光客は何をしに来るのかについて論じている。観光客はもちろん名所見物もするし、スキーや温泉などの体験もする。しかし、一番の目的は、今の日本の「普通の生活」を体験することだ。情報機器のない一昔前の不便な生活を楽しんでいる。だから、滞在期間は長く、ホテルや旅館ではなく、民宿や間借りが多い。つまり、日本全体がテーマパークとなっていて、そこで「非日常」を過ごすために、つまり普通の日本の生活をするために外国人観光客が来るという説を述べている。

三冊目は、『日本を旅して』。これは、外国人観光客の感想を集めた本で、観光省広報課が出したものだ。

ある青年は次のように書いている。友人に誘われ夏休みに日本に来た。おもしろそうだったから。日本での生活は驚きの連続だった。まず情報機器が使えない。どこに行くにも、ガイドブックと地図がいる。しかし、日本人は親切に何でも教えてくれるので不便も楽しい。英語はだいたい通じる。初めは日本人の英語はよくわからなかったが、二、三日すると慣れた。これがジャパニーズ・イングリッシュだ。次に驚いたのは、買い物をするのにお金がいること。お金がないと、水も買えない。それから、日本人の計算が速くて正確なこと。あっという間に計算しておつりをくれる。老若男女を問わず全員だ。ぼくは情報機器も使えない人たちは、知的レベルの低い人だと何となく思っていた。日本人は明るく親切だが、それだけではない。通りすがりの人との会話やガイドの説明にも知性を感じた。そしてぼくが一番驚いたのは、情報機器がなくても生活できるということだった。生まれた時から情報機器が身近にあり、幼小の頃からおもちゃ代わりに使って大きくなった。学校の勉強にも友だちとの交際にも、日常生活の全てにわたって、不可欠なものだと思い込んでいた。でも、情報機器のない時代が人類にあったことを痛感した。

ある女性は、馬に乗って日本中を旅した。といっても、東京を出発した後、特に行き先を決めずに、主に南の方、関西、四国、九州などを中心に旅をした。彼女の記述で一番多いのは馬についてで、借りた馬の色や顔や性質について詳しく書かれている。次に多いのは、自然についてであり、日本人にとってありふれた景色を、感動をもって記している。他には、旅で出会った人たちや泊まった宿、食べ物のことなどで、観光名所については……に行ったの一言で済ませている。彼女は最後にこう記している。すばらしい二年間であった。馬はよく調教されていて、しかも美しかった。空気はおいしく、自然にあふれ、食事も宿も申し分なかった。私は自給自足の生活にあこがれていたが、空腹や危険なことは避けたかった。それに対して今回の旅は、清潔で安全であり、しかも感動もあった。いずれまた日本に来たい。

他に、情報機器依存症の治療のために来た人や、日本のマンガ文化の研究、人気アニメのキャラクターを見に来た人などがいたが、一番多かったのが、日本人の普通の生活をするのを目的とした人たちだ。文明国の人たちが不便を体験しに来る、サトシの言った通りだ。不思議だが、それを理解するためにもう一冊読んだ。

四冊目は、『私はなぜ日本に移住したか』――これは、ある社会学者の書いた本だった。彼女は日本を研究対象として選び、フィールドワークに来た。初めは、昔の人間の生活を調査するような気持ちで調査していた。

日本では情報機器が使えないので記録は不便を極め、彼女は久しぶりにペンを取って書いた。更に日本で買った電池式のテープレコーダーで音声を記録し、旧式カメラで写真を撮り、物を買う度に現金を出して払うという不便を体験しながら、彼女は日本の生活に馴染んでいった。

調査は順調に進み、協力的な日本人のおかげで、思ったより早く調査を終えることができた。そして、彼女は帰国して、研究をまとめて発表した。その論文はかなり反響があったが、彼女はその反響の大きさに違和感を覚えた。知らないうちに彼女は研究対象だった日本人により親近感を抱くようになっていたのだ。そして、研究の対象とすべきは、文明国で情報にふりまわされている我々ではないかとさえ思った。その考えは恐ろしいものだった。なぜなら自分の社会学者としての地位を脅かすものだったからだ。しかし、その考えは彼女の頭から離れなかったので、彼女は頭を冷やすために日本に来て、何も考えずに生活しようとした。あらゆる情報から免れて。その結果、彼女は日本に移住して、研究対象を「文明国からの観光客」に変更して、異色の社会学者として活躍している。

四冊読んでみて一番印象的だったのは、外国人観光客の目的が「日本の普通の生活をする」ことだった。今の日本人はどんな生活をしているのだろう。大学生はだいたいわかった。ぼくたちの学生の頃より物を持っていない、ゆっくり話す、深く考えるが（サトシのように）、才気煥発って感じじゃない。多分才気溢れる人間は頭脳流出で海外に行っている。

まず、働く人たちの生活を調べるために、自転車工場に行った。現代の日本で自転車は移動手段として不可欠な物である。ぼくは乗馬免許を取得したが、今になると馬は贅沢品だとわかる。馬自体が高い上に毎日エサを食べるのだ。ぼくの生前の高級車程のステータスがある。それで自転車である。必需品であるので丈夫でシンプルなデザインが多い。もちろん高級自転車もあるだろうが、あまり見かけない。

ぼくは二十五歳の青年に変身し、自転車工場に正式に雇われ、寮に入った。給料は高くないが、福利厚生がちゃんとしていて、食事もおいしい。

仕事はきっかり八時間。ここでは残業という言葉さえない。仕事内容は、自転車の組み立てだ。ベルトコンベアーで運ばれてきた車体に次々と部品を組み立てていく。ぼくはサドルを付ける作業だったが、さして難しくはなくてきちんと仕事をすることができた。まあだいたい新入社員は簡単な仕事から始めるらしいが、でもみんな手つきがいいとほめてくれた。かつてはロボットがしていたであろう仕事を、今は人間がしている。しかし、目の前で製品ができ上がっていくのを見るのはうれしい。会社の自転車が走っているのを見るとぼくが作ったのだと言いたくなる。自分の労働が、どう役立っているか、形として見ることができる。ぼくは働く喜びを初めて知った。他のみんなも自転車の組み立て工として働くことを誇りに思っている。そして、自分の境遇に満足している。本当に衣食住が足りていれば幸せだと思っているように見える。中には、部屋中フィギュアだらけだったり、マンガの本が山積みだったりする人もいるが、概してみんな物を持っていない。そして、みんなは、結婚して寮を出ていく未来を思っている。

さて、一般家庭はどうだろう。そこで、家庭教師をするために、大学生の姿にもどり、学生課に行った。そこには、「高校一年生の数学のみ面接あり」というはり紙があった。数学なら何年経っても変わらない。英語や社会科の勉強は違っているだろうし、現代の社会のことなど、ほとんど知らないのだから。係の人に希望を伝えると、相手方に連絡して会う日時を設定して地図までかいてぼくに渡してくれた。日時は次の日の夕方六時。

ぼくが地図を頼りに行くと、そこは大きな家で、隣が医院だ。古いけれど手入れが行き届いていて、金木犀の香りがした。呼び鈴を押すと母親らしき人が出て来て、床の間に掛け軸のかかった和室に通された。座布団に座って待っていると、母親がお茶を持って現れ、自己紹介をした。お茶碗はふたのあるりっぱな物で茶托にのっていた。勧められるままに飲んだお茶はおいしかった。

まもなく、父親と娘が現れて、自己紹介をした。両親とも医者で、娘の名はタオ。目のくりくりしたかわいい娘だった。三人はぼくにいろいろなことを聞いた。専攻や出身地や家庭環境など。ぼくは自分のことはすっかり忘れていたので、仕方なくサトシのことを自分のこととして話しておいた。二週間も同室にいると、だいたいのことはわかるものだ。

専攻は哲学科、出身はF市。家族は両親と弟が一人。両親とも小学校の教師で、弟は高校一年生で、農学部を志望。好きな動物は馬と犬で、乗馬免許を持っている。

最後だけは、ぼく自身のことだ。よほど、ぼくがうれしそうに話したからだろう。みんなにこにことぼくの顔を見て笑っていた。タオなんか、乗馬免許と聞いた時は目を輝かせた。

話が一通りすむと、父親が、

「晩ごはんを食べていきませんか?」

と誘ってくれたので、喜んでご馳走になることにした。

居間は広く、大きなオーディオセットとメイプルのテーブル以外に家具らしい物はない。テーブルの上に、かさごの煮つけ、コーンスープ、キャベツの酢の物が並んだ。どれもおいしいので、夢中になって食べた。

「タロウさんはお魚が好きなのね」

母親がうれしそうに言った。

「はい、大好きです。このかさごはおいしいです」

かさごの骨以外は残さず食べて、

「ごちそうさま」

と手を合わせて言うと、母親はうれしそうにお茶を出してくれた。お茶をゆっくり飲むと、チェロの音色が聞こえてきた。食事や会話のじゃまにならない程の低い音で曲が流れていた。レコードが回っているターンテーブルをぼくが見ていると、父親が言った。

「このオーディオセットは、レコードコレクションと一緒に、友人からもらった物です。二十年前の大変事の時、私は大学に入ったばかりでした。これから最新医学を学ぼうという時に、情報機器が全く使えなくなったのです。同級生の多くが、家族と共に海外に移住しました。アメリカやヨーロッパ、アジア、アフリカなどに。どこに行っても情報機器が使えるので、医師としてのやり甲斐を感じられるはずだからです。

私は考えました。何のために医者になるのか。私は研究者になるためではなく、この医院を継いで地域の人たちの病気を治したいと思っていました。どんな社会になっても、医者は必要です。最新技術が使えなければ、ある物、いわば手持ちのカードで勝負すればいいのです。父はよく言っていました。高度な先端技術で難病を治療することも大事だが、実際はごくありふれた病気で命を落とす人も多い。感染症や生活習慣病などの予防、治療こそ町医者の大事な仕事だと。

だから私は日本に残ったのです。ただ困ったのは、高名な教授陣の多くが海外に移住したので、一時期講義のない科目もありました。それでも、大学に残った先生方の努力によって、私たちは六年で大学を卒業でき、その後、父のもとで医師としての技能を身に付けました。ちなみに妻は医学部の同級生です」

　父親の話は、ぼくの心の深いところまで届いた。

「私は両親を尊敬しているし、この医院を継ぎたいと思っています。だから医学部に入るために、苦手な数学を克服したいと思っているの。先生、よろしくお願いします」

　タオが、黒い大きな目で、ぼくをまっすぐ見て言った。

「はい、一緒に勉強しましょう」

　ほっとしたような笑いが起きた。父親が聞いた。

「では、毎週火曜日と金曜日の午後四時から六時まで。そして、勉強が終わったら、私たちと一緒に夕食を取るという条件でどうですか?」

「もったいないくらいの条件です。ありがとうございます」

　ぼくが答えると、今度は母親が聞いた。

「タロウさんは、好き嫌いやアレルギーのために食べられない物はありませんか?」

「何でも食べられます。好き嫌いもありません」

「では来週からお願いします。タオ、門の所まで送ってさし上げて」

いた。

母親の一言で、ぼくはお暇(いとま)することにした。外に出ると、空には星がたくさん出ていた。

「星がよく見えるね」

ぼくは空を見上げて言うと、

「昔はあまり見えなかったって、両親は言っている。今は、車や工場が少なくなったので、空気がきれいになったんだって」

思わず深呼吸をした。オリオン座がはっきり見えた。

「タロウ先生、合格よ」

「えっ、数学のテスト、していないのに？」

タオは大きい声で笑った。

「T大なら問題ないって。大事なのは、その人の立ち居振る舞いや言葉遣い、人間性だと両親は言ったの。タオが教えてもらうのは、数学だけじゃなくて、その人の生き方や考え方も入っているのだからって。だからね、母が合格だと思ったらお茶を出す。父は食事に誘う。私はよろしくお願いしますって言う」

タオはいたずらっぽく笑った。

「そうだったの。でも楽しかった。お父さんのお話、心に染みたよ。ぼくもご両親から教わることがたくさんあるような気がする。人の生き方、考え方……」

一瞬、使命を忘れた。

「タロウ先生、真面目ね。どうして哲学を選んだの？」

「ぼくは昔、全然考えないタイプの人間だった。言われた通りに勉強して、勉強したことは全部理解して、T大に入った。初めは就職に有利な法学部を選んだ」

そうだ、ぼくは法学部の学生だった。

「でも今は違う。考えないといけないと思っている。哲学科の学生だからではなく、人間として」

タオはしばらく黙ってぼくの顔を見ていた。

「数学だけじゃなく、いろんなことを教えてくださいね。おやすみなさい」

タオに手を振って別れ、星を見ながら寮に帰った。

タオに勉強を教えるのは楽しかった。苦手だと言いながら、タオは大抵の問題はスラスラ解いた。難問であっても、ぼくがちょっとしたヒントを与えたり、時間をかけたりすると、解くことができた。

「ちゃんと数学もできるじゃない」

とぼくが言うと、

「T大に入るためには、数学を落とすわけにはいかないの。家にはお金があるわけじゃないから、私大には行けないの」

とタオは答えた。医者でも裕福ではないのだ。家具はいい物だが古く、タオの机は母親から譲り受けた物だ。車もなく、ガレージには自転車が三台ある。しかしタオの家族は今の境遇に十分満足していて、幸福そうに見える。

それは一緒に食卓を囲む時によく感じた。旬の食材を使った、ありふれた家庭料理を食べながら、家族はよく話した。話題の中心はタオで、学校であったちょっとした出来事や友人との会話といった、他愛ないことだったが、両親はうれしそうにタオの話を聞いていた。時にはタオの小さい頃の話——よく泥だらけになって遊んでいたが、ある日突然きたないことをしなくなったとか、虫をつかまえようとしたら、それがハチだったので刺されて泣いたとか、危ないことをよくしたので、母親は気が気じゃなかったとか……。

そんな話を聞くのは楽しいので、ぼくはいつも黙って聞いていた。すると母親から、

「タロウさんは無口なのね」

と言われた。そういうわけじゃなく、ただぼく自身のことをよく覚えていないので、話すことがないのだ。まさか地獄のえんま様の命令で来たなどと、本当のことを言うわけにもいかない。だからぼく自身が体験したこと、つまり馬のことをよく話した。馬はおとなしい動物だけど恐がりだから、前から静かに近づかないといけない。乗馬の練習は常歩から始めたけど、速歩の練習を最初にした時は少し恐かった。次は駆歩の練習で、駆歩発進の時に落馬してしまった。落馬しても、手綱を放してはいけない。そんなことを話すと、タオは興味津々で一生懸命聞いてくれた。だから馬について知っていることは全部話したような気がする。馬には前歯しかない。馬の足が弱いのは、元々は指の一本が足になったから。蹄鉄は、一本の棒を曲げて作るとか、蹄鉄は幸福をよぶ、なんて話も。

「ほんとに、タロウさんは馬が好きなのね」

母親が言ったので、ぼくは、

「そうなんです。栗毛の馬を飼って、馬で通勤するのが夢です」

と答えた。タオは、

「素敵！」

父親は、

「それはまた、豪勢な夢ですね」

と言った。だから夢なのだ。経済的な問題でなく、ぼくには叶わないことだから。

大学は冬休みに入った。サトシは昨日帰省した。ぼくは今日タオの家に行く。今年最後の家庭教師の日で、クリスマスパーティーに招待されたからだ。プレゼントを忘れないように持って行こう。プレゼント交換をするから、高くない物を用意してね、とタオから言われていたから。

今年最後の勉強だと思うと、感慨深い。タオの本棚に目が行った。立派だがこれも古そうだ。タオに尋ねると、元は祖母の物で、楢の注文品だという。新しい本もたくさんあったのでタオに聞くと、ほとんど彼女の物だった。自然科学の本もあるが、小説や哲学書もある。タオは、

「本当は文学に興味があるのだけど、今は医者になるために勉強するの」

と言っている。タオは自分で考えて自分の生き方を決めている。ぼくは生前どうだっただろう。何も考えていなかったような気がする。

勉強を終えて居間に行くと、クリスマスらしいご馳走が並んでいた。父親がワインを勧めてくれたが、ぼくは未成年だからと断った。

「あら、二年生じゃなかったの？」

母親が聞いたので、ぼくは思わず、

「誕生日が一月二十二日なので、まだ十九歳です」

と答えた。サトシの誕生日を知らないので、これはきっとぼくの誕生日だ。最近、生前のことを時々思い出す。今流れているのは、ヘンデルの曲だ。

「あら、そう。じゃあ一月にタロウさんのお誕生会しましょうね」

母親はうれしそうに言った。両親はワインで、タオとぼくは赤いジュースで乾杯した。

食事をしながら、話が弾んだ。ぼくが興味を引かれたのは、大変事の時の話だ。当時、有名大学の学生や有能な研究者には、海外の大学、研究所、企業などから、好条件でのスカウトがあった。当然T大も例外ではなく、多くの頭脳が流出した。その結果残った教授は二割、学生は一割だった。特に理系の学生は海外移住組が多く、医学部の一年生で残ったのは、タオの両親だけだった。だから、二人の結婚のパーティは

T大の学食であり、大学関係者や地域の人たちでお祝いをしたという。

「結婚式は近くのお宮でしたのよ。地域の人たちがたくさん来てくださったわ」

母親は昔を思い出すように言った。

「結婚式は神式、お葬式は仏式、今日はクリスマス会……日本のこんな宗教に対していい加減なところ、いいと思うわ。日本には元々、八百万の神様がいるんですもの、一人、二人増えたってどうってことないわ。最近はイスラム教の風習も少しずつ入って来たみたいだけど」

「どんな風習？」

タオが、尋ねた。

「スカーフやヘジャブをかぶるのよ」

「おしゃれね！」

母子の他愛ない会話も楽しい。

そう、今日はクリスマス会だから、居間には、かわいいクリスマスツリーがあって、ヘンデルの「メサイヤ」が流れていた。そして、ハレルヤのコーラスに合わせて、プレゼントを回した。コーラスが終わった時に手元に来たのが、自分の物になる。ぼくには、青とグレイの混じった手編みのマフラー、父親にはバスタオル、母親には動物のカレンダー、そしてタオにはぼくが用意した、金の蹄鉄が渡った。タオはすごく喜んだが、高かったんじゃない？　と心配していた。蹄鉄は中山乗馬学校でもらって来て、寮の化学科の友だちに金メッキしてもらったんだと説明した。

「とてもきれい。タロウ先生ありがとう。大事にする。そのマフラー、先生のために私が編んだの。だって先生寒そうな格好してるんだもの」

ぼくは秋服のままだった。

「ありがとう。今日からさっそくして帰るよ」

ぼくたちの会話を両親は、にこにこ笑って聞いていた。

家族そろって門のところまでぼくを送ってくれた。よいお年をと、あいさつをして帰った。タオからもらったマフラーは暖かい。空には、オリオン座、北斗七星、カシオペア座、北極星が見える。

「えんま様、わかりました」

一瞬体が軽くなって、意識が薄れていった。もう、タオの家族とも、サトシとも会えない。そしてみんなぼくのことを忘れてしまう。寂しいと思った。

三　報告

「ただいま、帰りました」

えんま様は玉座に座って私を待っていた。

「ごくろう。うっ、臭い。そのマフラーを外せ。善人の臭いがプンプンする」

私はあわててマフラーを外した。

「まだ臭いぞ。もっと離れろ。ずーっと下がれ。一体お前はどんな人間と接していたのだ」

「すみません。調査のために、やむなく」

「わかった。いいから報告しろ。なぜ、りっぱな悪人がいなくなったかを」

「元凶は日本です。ある日突然、情報機器が使えなくなったのです」

「それは大変だな」

「はい、日本は大混乱になり、事件や事故が起こり、まともな生活ができなくなりました。そのため、死者もたくさん出ました。そこで多くの日本人が海外に移住し、日本の人口は、三千万人程度になりました」

「どんな人間が海外へ移住したのだ」

「有能な人間、向上心のある人、意欲のある人、好奇心旺盛な人……」

「では、無能で、大して取り柄のない人間が残ったわけだな。日本は、何の魅力もない三流国に成り下がったのだな」

「でもみんな幸せそうでした」

「なぜだ」

「衣食住が足りているからです」

「いや、人間は衣食住が足りているだけでは幸福にはなれん。衣食住が足りていても、もっと欲しがる、人と比較して自分に足りないものを望む、富や名声を欲しがる……そんなものだ」

「そんな人は多分、海外に移住したのではないかと思います。残った人たちは、衣食住が足りていればいいと思う人たちばかりだと……ただ、みんな考えていました。学生も、医者も、工場労働者も、自分は何のために働くのか、どう生きるのか。それが、私たちが生きていた頃と一番違うことではないかと思います」

「考えただけで幸せになれるのか」

「少なくとも私が会った人たちは、考えることで、自分の生きる価値を見つけていました」

「つまらん。そんな国には大した悪人は出てこん。りっぱな悪人になるためには、意欲や向上心というものが不可欠だ。いい加減な気持ちでは、低レベルの悪人にしかなれん。よくわかった。日本のことは放っておこう。どうせ、嘘つき以外、大した悪人の出ない国だ。だが惜しいことだ。日本の嘘は芸が細かい。朝ごはん食べた？　と聞かれると、食べていない、パンなら食べたと答える。知らなかった、覚えていないと言い張る。不都合な文書はなかったことにする。調査方法を変えて数字をごまかす。敗退を転進、戦争を有事、軍国主義を積極的平和主義と言い換える。りっぱな偽装国家だった。でももう見る影もない」

「はい、みんな正直に生きていました。国家存亡の危機の時に、データが正しくないと、国家は成り立ちません。それに、多くの政治家は海外へ移住し、気骨ある政治家や市井の人たちが政治を担いました。日本では、社会の変動期に有能な人材が表に出るのです」

「ニエグシュ、日本をほめるな！」

「いいえ、決してそんなわけでは……」

「もういい、日本は放っておこう。ところで、他国はどうなっておる」

「いいえ、その日本のせいで、世界中からりっぱな悪人が減っているのです」

「どういうことだ」

「実は三千万人の日本国民の衣食住が足りているのも、観光産業のおかげなのです。海外からたくさん観光客が来るのです」

「何をしに来るのだ」

「ごく普通の日本人の生活をしに来るのです」

「何が面白いのだ」

「昔の人の暮らしを体験してみたいと言っています」

「確かにそうだな」

「それから、空気がおいしい。自然が美しい。清潔で安全。人間らしい気持ちになる、ゆっくり考えることができる……といった感想もありました」

「文明人は大変だから、日本で一息入れて、自国に帰るのだな」

「その通りです」

「そして、その後、元通りの生活をする」

「そうなのですが、中には日本に移住する人もいます」

「そんな不便な国にか」

「はい、衣食住が足りていれば幸せという思想に共感して」

「衣食住だけでは足りぬ」

「しかし、その上で、自分が生きる意義がわかれば、幸せになれると考えて」

「ばかな！」

「そんな人たちが、日本に移住して生活しています」

「だが、日本語は難しいと聞いたぞ。そんな向上心のない人間が日本語を習得できるものか」

「えんま様は人間のことをよくご存知で。確かに日本語は難しいのですが、今は日本各地に、オランダ村とか、スペイン村とかいったコミュニティがたくさんあって、そこでいろいろな国の人たちが暮らしています」

「つまり日本という国は、負け犬の居住地になったわけだな」

「そうとも言えます」

「そうなると、負け犬は日本に集まり、有能で、向上心もあり、意欲もある人だけが文明国にいるわけだな」

「そうとも言えません。来日して自国に帰った人の中に、哲学者のように考える癖がついた人がたくさんいました——人は衣食住が足りていれば幸せか——競争しなければ生きていけないのか？」

「考えることで幸せになればだれも苦労はせぬ」

「そんな考える人たちは、文明国の中にも少しずつ広がり、中には競争をしないで生きていこうと思う人々が増えてきました。そして、衣食住が足りていて、自分の生きる意義を見つけることができれば幸せだと考える人たちが多くなっているのです」

「ばかな！　今や文明国では、否応なく競争させられる。すべての個人情報は数値化されて格付けされる、身長、体重、健康状態、生活習慣、持ち物、財産、学歴、趣味、知能指数、家族、交遊関係、職業、言葉遣い、礼儀、法令順守、金銭感覚……いやはや、地獄の審査より厳しい。そんな中で競争しないなどと言うのは、負け犬の遠吠えにすぎん。なんでそんな奴らに共感するのだ。三流国のくせに」

「確かに日本は経済的には三流国です。しかし、文化的には魅力的な国なのです」

「日本をほめるな！」

「えんま様の地獄絵のコレクション、あれはすべて日本の絵師によるものです」

「おお、確かにすばらしい！　悪のエネルギーがふつふつと湧いてくる！　他の国の名画とは比べ物にならん！」

「しかし、えんま様お気に入りの地獄絵は、もともと市井の人々の身の回りにあったものなのです。つまり、いわば日本のサブカルチャーです。そして今も日本は、サブカルチャーの盛んな文化の国として、高く評価されています。マンガやミステリー、映画、ゲームの原作、そして、たくさんのキャラクターの国として」

「そうか、あの地獄絵の国が……」

「えんま様、どうされましたか？」

「う……、寄るな！　気分が悪い。おーい、あの地獄絵のコレクションをみんな持ってこい！」

ああ、えんま様のご機嫌を損じてしまった。私は、人間の臭いを洗い流すために釜にゆっくりつかった。

次の日、えんま様から呼び出しがかかった。今日も離れてごあいさつをした。

「おはようございます」

「ニエグシュよ、わしは昨日地獄絵を見ながら考えた。もう、人間界のことはほっておこう。しばらくしたら、ひょっとして良い案が出てくるかもしれんが……とにかく今の課題は、地獄での悪のエネルギーの補給だ。そこでわしは、地獄の技術改革をすることにした。今の低レベルの悪人どもで、悪のエネルギーをたくさん生産するのだ。地獄では、いまだに旧態依然とした刑罰でエネルギーを出しておる。これではエネルギー問題は解決せん。人間界のように技術革新をして、エネルギーをどんどん生産するのだ。

そこで、ニエグシュ、おまえをエネルギー改革大臣に任命する。もう書記官の仕事には戻らなくてよい。今の見習い書記官はまあ使える。おまえほどではないが、そこそこ有能だ。もうすぐ本採用にするつもりだ。おまえの前の書記官はひどかった。書くのは得意です、という言葉にだまされて使ってみたが、わざと難しい言葉を使う、だらだら書いて、形容詞をやたらと使って、どうでもいいことを書く。『その娘はとび切り美しいわけではなかったが、つややかな黒髪と美しい華奢な手を持っていて、自分の爪を見ながら涙を流した』だの『彼の顔には深いしわが刻まれ、よく日に焼けた身体は引きしまり、姿勢を崩さないまま、昔を思い出すように、遠い目をして語った』だの、どうでもいいことばかり記録しておった。純文学の作家だったので、死んだ後も書きたかったんだと。おかげであの頃は審判が一向に進まなかった。ちょうど悪人の大量生産の時期と重なって、地獄の門まで長蛇の列ができた。『さっさとしろ』とわしはいつも怒鳴っておった。だから、おまえが、合格した時にすぐ書記官に任命した。おまえは本当に頭がいい。地獄の危機を救えるのは、おまえだけだ。

しかし、おまえはここに来てすぐ書記官になった。だから地獄のことはよく知るまい。そこで地獄絵図を用意した。この地図を見ながら地獄めぐりをして、エネルギーをもっと出せるような責め苦を考えよ。新しい責め苦の道具を作ってもよいぞ」

「わかりました。えんま様のため、地獄のために、がんばります！」

「頼んだぞ。わしは熱い釜に入って吉報を待っておる」

地獄絵図を頼りに、暗いでこぼこ道を歩いた。最初に見たのは、釜ゆでの刑。大きな釜の中にたくさんの人が入っていた。みんな熱さのあまりに顔をゆがめていた。中には飛び上がっている人もいた。ここでは湯加減はしない。熱さに苦しむことによってしか、悪のエネルギーが出せないからだ。次は剣山。ここでは、痛さと恐怖がエネルギーを出す。ある者は、あまりの痛さに声をあげて泣き、ある者は怖ろしさのあまりに血をしたたらせながら震えている。ここにいる人たちは、レベル一。大した悪事を働いていない。見ていて気持ちのいいものではない。何だかかわいそうになってきた。次は血の池地獄だ。

気づくと布団に寝かされていた。目を開けると、えんま様のお顔が見えた。お見舞いに来てくださった……訳ではない。怒っていらっしゃる。

「血の池地獄で倒れたと聞いたが、本当か？」

「はい、生まれて初めて見たので、気分が悪くなったのです」

「釜ゆでの係に、湯加減してほしいと言ったのも、本当か」

「はい、あまりに熱そうで、かわいそうだと思ったのです」

「剣山のところで涙を流したというのも本当か？」

「はい、痛そうだったので……」

「おまえはそれでもレベル三の悪人か！」

「すみません。私は元々、痛いのも、血を見るのも、人がかわいそうな目に遭うのも、ダメなのです」

「どうもおかしい。おーい、見習い書記官、二十五年前のえんま帳を持ってこい」

「はい、ただいま」

「よし、ニエグシュの所を読んで見ろ」

「はい。えーと『その若い男は美しい顔をしていたが、顔に似合わず恐るべきことを口にした。たった一千万円のために三人の命を奪ってしまった。みんなぼくのせいだ——この言葉を何度もくり返しながら、にぎりしめたままの手で涙をぬぐった。

一千万円の強奪。ならびに、三人の殺人』以上です」

「ニエグシュ、おまえは本当に一千万円のために三人の命を奪ったのか？」

「はい、友人二人と一緒に競馬場に馬を見に行きました。私は競馬のことはよくわかりませんでしたが、セイウンというかわいい栗毛の馬に賭けたのです。それが大穴で一千万円が一瞬にして手に入ったのです」

「なんだ競馬か、つまらん。しかし、三人殺したのは本当だな」

「はい、あまりの大金に驚いて、友人と一緒にタクシーに乗って寮に帰ろうとしました。私が助手席に乗って、友人二人は後ろに乗りました。出発して間もなく、タクシーの前に黒ネコが飛び出して来ました。私が『黒ネコ！』と叫んだ途端、タクシーの運転手がハンドルを切り、私たちの乗った車が電柱にぶつかってみんな死んだんです。私が競馬で一千万円手に入れなければ……私が黒ネコって言わなければ……みんな死なずに済んだんです。ごめんなさい。みんな私が悪いんです……うっ」

「わっ、泣くな。悪のエネルギーが減る。おい、見習い書記官、当時の記録を調べろ。一緒に死んだ奴がいるかどうか」

「いません。助手席に乗った青年一人死亡とあるのみです。運転手も乗客二人もついでに黒ネコも無事です」

「ニエグシュ、おまえはだれも殺しておらん。その上、わが身を犠牲にして黒ネコを助けた。救いようのない奴だ。つまり、元々不合格、悪人失格なのだ！」

（何が強奪だ、何が殺人だ、無能な書記官め！　しかし困った。ニエグシュをここに置いておくわけにはいかん。かといって、今更天国にやる訳にもいかん……ええい、仕方ない）

「ニエグシュ、地獄でのことは、全部忘れろ」
「えんまさまー」

四　覚醒

「ケイシ、競馬場に着いたよ」

「えんまさまー」

「何寝ぼけてんだよ。ケイシの好きな馬を見に来たんだろ」

気がついたら、バスの中で寝ていた。どうやらぼくは夢を見ていたらしい。変に生々しい夢だった。

競馬場は広くてきれいで、当然ながら馬がたくさんいた。ぼくたちは馬を見て、競馬を見て満足した。だれも賭けなかった。エンマブラックという、まっ黒の馬がぶっち切りの一位になって、ぼくの方を見てニヤリと笑った。きっと気のせいだ。

競馬場の中でお昼ごはんをみんなで食べて、ボロボロの男子寮に帰った。もうすぐ冬休みだ。

年が明けて春になり、ぼくは法学部の二年生になった。そろそろ将来のことを考えないといけない。ぼくは、はっきりとした目標を持って法学部に入った訳ではない。血を見るのはイヤだから医者にはなれない、自然科学にはあまり興味がない、法学部なら就職に有利だろうと思って選んだ。確かに司法試験に合格すると、検事、弁護士、裁判官、官僚、会社員……と様々な選択肢がある。といっても、検事のように人の悪事を追及するのも、裁判官のように判決を下すのも、ぼくの性に合わない。官僚や会社員は競争が激しいと聞いた。ぼくは子どもの頃から勉強ができて、たいがい成績は一番だったが、別に競争したい訳じゃない。そうなると、消去法で考えると弁護士ならなれるかもしれない。

そんなことを考えながら、二年生のカリキュラムを組んだ。一般教養、人文科学の欄(らん)を見ていると、宗教学という言葉が目に飛びこんできた。宗教学とは、どんな学問だろう。国語辞典を引くと、「宗教を対象として、その教義や歴史などを客観的に比較・研究する学問」(明鏡国語辞典)とある。ぼくは、宗教とは論理性に欠く、主観的なものだとばかり思っていたが客観的に理解できるものなのだ。国際化社会の現代、外国人を弁護することもあるかもしれない。ぼくは宗教のことを全く知らない。勉強する必要があると思った。

宗教学の前期のテストはなく、代わりにレポート提出が義務づけられた。どんな宗教でもいいから、実地調査をして、客観的にまとめるというものだった。

夏休み前の暑い日だった。男子寮の近くのお宮の実地調査をしようと思って歩いていたら、立て看板が目についた。「ハース真理教　教祖　ハース・タターヤ　出版記念パーティー　――どなたさまも　おはいりください」そこは居酒屋だった。ぼくはまだ未成年だったし、学生が入るにはちょっと敷居の高い、洒落た店だったので、一度も入ったことはなかった。しかし、思い切って扉を押した。これも何かの縁だと感じたのだ。ちょうど、ハース・タターヤが話しているところだった。

「ハスの花のろうそくをたたいても真理はわかりません。この世に、たった一つの正しい考えなどというのは、ないのですから。人類は今まで様々な宗教、科学、思想の中で真理を追求してきました。そして、多くの人たちは、だれかが言った真理というものを信じてきました。しかし、みんなは理解していたのでしょうか。その真理の意味、そして、その真理が正しいかどうか。

いいえ、よくわかっていませんでした。みんなが信じているから、偉い人が言ったからという理由で信じていたに過ぎません。私は今まで、『真理』と言ってきましたが、それが正しいかどうかは、確かではないので、これからは思想と言い換えます。

では、その、自分ではよくわからない思想を無条件に信じこむと、どうなるでしょう。まず、正しく理解できません。その上、教条主義に陥ります。宗教を例に挙げるとわかりやすいと思います。

思想は論理的だけど、宗教は論理的ではないという人がいるかもしれませんが、宗教は思想の一種であり、本来は論理的に考えられたものでした。古代の人類の世界観――人類はどうやって生まれて、世界はどう成り立っているか――が宗教の源流だったと思うのです。そこには神がいて、物語がありました。科学的ではないかもしれませんが、当時はそれなりに論理的であり、物語として成立していました。人間は、自分が何者かを知るために、そして、生きていく指標として、物語を必要とするのです。

さて、そんな宗教も年月が経つと、規則だけが強調されたり、物語の曲解があったりして、教条主義に陥ってしまいました。宗教だけではありません。巷にあふれている思想も論理的ではありません。たとえば、みんなが何となく思っている『科学技術の進歩は人類を幸せにする』という思想は正しいでしょうか？　皆さんは『正しく使えば』その思想は正しいと言うでしょう。では『正しく使う』とはどういうことでしょう？　人類は今まで科学技術を本当に正しく使って来たでしょうか？　論理的に考える必要があります。

けれども、それは難しいことです。立派な思想家の力を借りようにも、人の考えを理解することも、また難しいのです。

では、どうすればよいのでしょう。手持ちのカードで勝負する。つまり、自分がよくわかっている思想と自分の頭で考えるのです。しかし、よくわからない思想も否定せず、その思想の存在を認めるのです。

この態度は、宗教に対する、日本人の感覚とよく似ています。よくわからないけれど、その存在を認め、わかる範囲で理解する。たとえば、クリスマスイヴにケーキを食べることが、キリスト教の理解につながるかどうかは疑問ですが、キリスト教の存在を認めていることは確かです。日本にいるという、八百万の神様のすべてを日本人はよく知りません。けれども、その存在を認めて、心の拠り所にしています。すべての思想に対しても、そうすればよいと、私は思います」

ハース・タターヤの言葉は、ぼくの胸にストンと落ちた。宗教学のレポートとは関係なく、ぼくは、その思想に興味を持った。だからハース・タターヤが話し終わって拍手のうちに席にもどると、ぼくは近くに行って話しかける機会を待った。ハース・タターヤはカウンター席にすわって水を飲んで、ゆっくり日本酒を味わい、杯を置いた。その時ぼくは左後ろから声をかけた。自己紹介をして、宗教学のレポートを書いているという事情を話した。

「それだけでなく、さっきのお話とてもおもしろいと思いました。少しお話を聞かせていただけませんか？」

ハース・タターヤの左側に座っていた男の人が黙って席を空けてくれた。

「いいですよ。どうぞ座ってください」

ハース・タターヤは、気さくに応じてくれた。

「先ほどのお話の中で、論理的であることと、物語として成り立っていることを、同じような意味で使っていらっしゃいましたが、その二つは、ぼくには違うように思えます」

「どう違うと思うのですか？」

ぼくの意見に、ハース・タターヤは穏やかに応じて、ぼくの発言を促した。

「物語は心に訴えるものであり、論理は頭脳に働きかけるものだと思います。だから人は物語に感動し、論理的な思考には冷静に思考をめぐらすのです」

「感情も論理的思考も、脳の一部がそれぞれ担っているに過ぎません。人は星空を見ても感動しますが、宇宙の誕生の歴史を知った時も感動します。そもそも物語は論理的でないと成り立ちません」

「それが架空の話であってもですか?」

「架空の話であれば尚更です。たとえば、無重力の宇宙ステーションが舞台の物語があったとします。そこでは、物体すべてが重力を持たず浮遊しています。ある物だけが重力を持つと、そこで物語は破綻します。ミステリーもタイムマシンが出てくる小説も、架空であっても、その世界の中だけに通じる論理が必要なのです」

「物語にも、論理が必要なのはわかりました。でもその論理は、現実の世界に通用する論理ではありませんよね」

「その通りです。けれどもその物語がたとえ話としたらどうですか?」

「現実にあるものを、別のものに置き換えて考える……」

「その通りです。具体的な思考と抽象的な思考の間に物語がある、と私は考えています」

「わかりました。だから宗教には物語が必要なのですね」

「私はそう考えています。だから物語の細部にこだわり過ぎると、『物語の誤読』が起きるのだと」

「ありがとうございます。お考えを参考にして自分で考えてみます」

ぼくは考えながら、夢中になって宗教学のレポートを書いた。生まれて初めて考えたいこと、書きたいことが見つかった気がした。しかし、返ってきたレポートには、次のようなコメントが添えてあった。

「興味深いレポートですが、残念ながら、ハース真理教という宗教の教義が書かれていません。教義がない以上、ハース真理教は宗教とはいえず、レポートのテーマに適っていません。しかし、物語の論理性や、宗教も思想の一つという考えには独創性がありますす。さらに文章が的確でわかりやすいことも評価できます。あなたには哲学のセンスがあります」

末尾にかろうじて及第点という、あまり見たこともない数字が記されていた。しかし、ぼくは哲学という言葉に目がいった。その言葉は宝石のように輝いて見えた。ぼくは哲学を勉強すべきではないだろうか。

ぼくは弁護士ならなれるかもしれないと思っていた。しかし、弁護士も正義の味方という訳でもないことが最近わかってきた。弁護人の利益を優先し、白を黒と言いくるめ、相手のあげ足を取り、言い負かせたりしなくてはいけない。ぼくは人と争うことは苦手だ。

ぼくは、寮の同室の友人に相談した。彼は文学部だから、哲学科のことも知っている。彼はレポートを読んで、教授の意見に賛同し、ぼくに哲学科に転向することを勧めた。ついでに、おもしろいレポートだからと、自分が参加している同人誌に載せようとも言ってくれた。後日、ぼくはその同人誌を十冊もらった。

五　既視感

昨日、サトシがタオという娘を私の研究室に連れて来た。サトシは今や若手哲学者として注目され、T大で独立した研究室を持っていて、哲学を教えている。タオのことも顔だけは知っていた。一般教養で宗教学を取る学生は多くない。その中で、ノートをほとんど取らず、私の顔を見て講義を聞いていた子だ。クリクリした黒い目が印象的だった。

「婚約者のタオです」

サトシが紹介すると、タオは頭を下げた。

「今日は先生にお願いがあって来ました。来年の春タオが大学を卒業したらぼくたちは結婚します。そこで、先生に仲人をお願いしたいと思っています」

「私の両親もケイシ先生に仲人をしていただいたと聞いています。先生、よろしくお願いします」

タオは私の顔をまっすぐ見て言った。その時私は既視感を覚えた。そして私は思い出した。初めて仲人をした時のことを。

大変事の時私は大学院で哲学の勉強を続けていた。当時T大から頭脳流出が続いて、人文系の教授陣も足りなくなっていた。そこで、私が急遽一般教養の宗教学と専門課程の哲学を教えることになった。

私は必死だった。哲学と宗教学を教えながら、日本で生きることの意味を考えた。科学技術が使えず、衣食住も足りていないこの国でどうやって生きていくのか——哲学は私にとって、生きるために必要なものだった。哲学者だからではなく、人間として。

私は卒業論文を書いた時より熱心に、古典文献や現代の論文を読んだ。そんな時に、ハース・タターヤの言葉を思い出した。

「手持ちのカードで勝負するのです。自分がよくわかっている思想と自分の頭で考えるのです」

そう、今の日本のような状況はだれも体験したことがない。だから、人の思想は参考になっても、結局自分がどう生きるかは、自分で考えないといけない。哲学の方法は学んだ。これから先は、自分の手持ちのカードで勝負しよう。今までに理解した思想を核として、自分の思想を確立しよう、これからこの日本で生きていくために。それが私の哲学教師としての出発点だった、だから普通の日本語で講義し、今の日本をどう思うか、これからどうすべきか、学生たちと討論した。いわば、私たちは同志だった。

だから、その時に教えた学生の顔はよく覚えている。その中にタオの両親はいた。いつも二人一緒に私の講義を聞いていた。そして大学を卒業すると同時に結婚した。その時の仲人が私だった。二人は私に仲人を頼む訳をこう話した。私の講義を聞きながら、日本で医者として生きていく意義を確信したからだと。

私は喜んで仲人を引き受けた。その日のことを私はよく覚えている。よく晴れた日だった。お宮も大学のキャンパスも桜が満開だった。その頃日本は衣食住が足りて、経済的にもそれなりに安定した生活が送れるようになっていた。それもあって、町中の人がお祝いしてくれた。優秀な医者が町のために日本に残ってくれたのだと。

タオのこともよく知っていたはずだ。タオが生まれた時にはお祝いに行ったし、お宮参りの写真も見せてもらった。それに私は気管支が弱いので、時々医院に通った。古くなつかしい感じのする医院だ。そんな時タオは泥だらけの手で玄関にあいさつに来たり、私に誕生日のプレゼントをくれたりした。最後に医院で会ったのは、いつだろう。たぶん小学校に入学する時だ。タオはランドセル姿を私に見せてくれた。空気がきれいになったせいか、最近医院に行っていない。だから大人になってからは会っていない。

それでも、宗教学の講義でタオの顔を見た時、知っていると強く感じた。今思えば、子どもの頃の面影は残っているし、黒い目の印象は変わっていなかった。

あの子が結婚する――うれしいはずなのに、なぜか胸が痛い。

了

著者プロフィール

有田 裕子（ありた ひろこ）

長崎県生まれ

著者：『ちはやぶる　神代の高千穂』（2018年・文芸社）
『とうめいな　かいじゅう』（絵本／2018年・文芸社）

装画／村山 永子（むらやま のりこ）

イラスト協力会社／株式会社コヨミイ

家事ロボット・ハナ

2019年12月15日　初版第１刷発行

著　者　有田 裕子
発行者　瓜谷 綱延
発行所　株式会社文芸社
〒160-0022　東京都新宿区新宿1－10－1
電話　03-5369-3060（代表）
03-5369-2299（販売）

印刷所　株式会社フクイン

ISBN978-4-286-21112-1